Alle Personen und Handlung sind frei erfunden. Ähnlichkeiten mit real existierenden Personen sind rein zufällig.

Ronnie Pruggmayer

Kopfkino für Fortgeschrittene

Erotische Geschichten

*Bibliografische Information der Deutschen Nationalbibliothek:
Die Deutsche Nationalbibliothek verzeichnet diese Publikation
in der Deutschen Nationalbibliografie; detaillierte bibliografische Daten sind im Internet über http://dnb.dnb.de abrufbar.*

*Titelfoto © Ronnie Pruggmayer
© 2015 Ronnie Pruggmayer*

*1 Auflage März 2015
2. Auflage Oktober 2015*

Herstellung und Verlag: BoD – Books on Demand, Norderstedt

ISBN: 978-3-7347-5809-6

Inhaltsverzeichnis

Maskerade	7
Le Grand Dessert	23
Spielball der Lust	37
Ein heißer Sommer	75
Madame Renard	81
Der Rohdiamant	91

Maskerade

Sonntagabend.

Das Kostüm, ein kunterbuntes Harlekinkleid mit weit schwingendem Rock und üppigem Spitzenkragen, hängt am Schrank und wartet auf seinen großen Auftritt. Jana sitzt im Sessel ihres Gästezimmers auf der obersten Etage des Einfamilienhauses. Zu Hause in Sachsen wird nicht so viel Theater um diese fünfte Jahreszeit gemacht. Wenn schon Karneval, dann besser hier. Hannah, ihre Kollegin aus der Niederlassung, hat sie eingeladen, gemeinsam den rheinischen Karneval zu erleben. Hannahs Mann Stefan ist, wie jedes Jahr, schon seit Tagen als Faschingsprinz seines Vereins unterwegs und Jana noch nicht begegnet.

Hannah ruft zum Abendessen. Die beiden Frauen unterhalten sich ungezwungen über Gott und die Welt, obwohl sie sich privat kaum kennen. Es ist ein fröhlicher Abend unter Frauen, bei dem Hannah immer wieder von ihrer Ehe mit Stefan schwärmt.

„Jetzt hat er kaum Zeit für mich, ist ja klar. Aber ab nächsten Donnerstag wird er mich wieder verwöhnen und wir holen nach, was in den letzten Wochen etwas zu kurz kam.", sinniert Hannah verträumt lächelnd. „Es ist schon erstaunlich in diesen Zeiten, in denen so viele Paare sich bei Kleinigkeiten trennen, dass wir uns so vertrauen können. Es gibt ja genügend Gelegenheiten, dass andere meinem Prinzen schöne Augen machen, doch er ist mir treu. Vielleicht lauft ihr euch doch noch über den Weg, damit du ihn mal kennenlernen kannst."

Jana ist etwas genervt von Hannahs Lobreden und im Allgemeinen nicht so gut auf Männer zu sprechen. Erst im vergangenen Sommer ist wieder eine Beziehung in die Brüche gegangen, weil Ehrlichkeit nach Janas Erfahrung wohl eine männliche und eine weibliche Definition hat. Mit einer kleinen Ausrede, dass sie müde von der Anreise sei und die nächsten Tage anstrengend werden würden, verabschiedet sie sich und zieht sich zurück.

In ihrem Zimmer genießt sie es, Schuhe und Kleid abzulegen. Es ist ihr allabendliches Ritual, sich Stück für Stück von der absichtlich nach außen kühl wirkenden Lady in eine sinnliche Frau zu verwandeln. Nur für sich ganz allein.
Sie beobachtet sich im bodentiefen Spiegel, setzt einen Fuß auf die Bettkante und streift den halterlosen Strumpf über ihren linken Schenkel langsam nach unten. Der zweite folgt. Sie lächelt in sich hinein. Es beginnt langsam aufzusteigen, dass prickelnde Gefühl. Die Hände ruhen einen Moment auf ihren runden Hüften, bevor sie den roten Spitzenpanty nach unten schiebt und ihn mit dem Fuß weg kickt. Slipless fühlt sie sich anders, sexy. Ihre Hände wandern am Rücken nach oben und öffnen den BH. Sie streift die Träger einen nach dem anderen von den Schultern und fühlt, wie ihre prallen Brüste ihr Gefängnis verlassen. Hmm. Langsam umfasst sie die weichen Birnen und hebt sie etwas an. Als wolle sie sie ihrem Spiegelbild anbieten, beugt sie den Oberkörper nach vorn. Das Prickeln wird stärker und sie spürt, wie sie in einen Zustand sinnlicher Erregung gleitet, noch bevor das Ritual beendet ist. Denn erst jetzt kommt der Höhepunkt. Jana dreht sich seitlich zum Spiegel und schließt die Augen. Ihre Finger suchen nach Nadeln und Gummi, lösen den eleganten Knoten. Einem Wasserfall gleich fallen die langen Haare auf ihren Rücken. Es ist ein immer wieder wunderbares Erlebnis, dieses seidige Streicheln und die Entspannung zu spüren. Mit gespreizten Fingern fährt sie durch die glänzende, dunkelrote Mähne, verteilt sie über ihren Schultern und lässt einzelne Strähnen über ihre Brüste fallen. Wieder schaut sie in den Spiegel, findet sich schön, weiblich, aufregend. „Kleine Hexe, du willst mehr, stimmt´s?", lächelt sie sich selbst aufreizend und wissend zu. Ihr Spiegelbild nickt langsam. Mit wiegenden Hüften geht sie hinüber zu ihrem Koffer und entnimmt ihr Lieblingsspielzeug. Sie löscht alle Lichter und gleitet unter die Bettdecke.

Rosenmontag.

Jana und Hannah strahlen mit dem Sonnenschein um die Wette.
„Hast du ein Glück, dass wir Plusgrade haben! Bei Eiseskälte muss man zu viel von innen wärmen.", freut sich Hannah. Sie trägt ein Mittelalterkostüm. Jana steht vor dem Spiegel und schminkt gerade den großen Mund in ihr weiß grundiertes Gesicht. Danach setzt sie die knallgelbe Lockenperücke auf. Von den langen Schäften ihrer weißen Overkneestiefel verspricht sie sich zusätzliche Wärme.
„Fertig!", ruft sie fröhlich.
Hannah lacht.
„Hier ist ein Schlüssel zum Haus, falls wir uns doch verlieren sollten. Na dann, auf ins Getümmel!"

Ein paar Stunden später sind die beiden Frauen kräftig in Feierlaune, haben schon das eine und andere Bier getrunken, Kamelle in sich reingestopft, gesungen und den Umzug bestaunt. Reichlich pflastermüde suchen sie sich eine gemütliche Kneipe und bestellen etwas Handfestes als Grundlage für den weiteren Abend. Sie haben Glück abseits von der City, obwohl es auch hier brechend voll und die Stimmung heiter bis feuchtfröhlich ist. Am großen, runden Tisch sitzen sie mit wildfremden Trappern, Indianern und Feuerwehrmännern zusammen und versuchen sich im Smaltalk. Für Jana ist es schwirig, den Dialekt zu verstehen, zumal einige dem Alkohol schon reichlich zugesprochen haben. Von ihrem Platz aus hat sie einen guten Überblick über den Raum und beobachtet die Leute. Sie macht sich einen Spaß daraus zu ergründen, welcher reale Mensch sich hinter welchem Kostüm verbirgt. Ob der Arzt in Wahrheit ein Barkeeper ist? Der Mönch ein Taxifahrer? Die Froschkönigin vielleicht eine Brookerin? Noch interessanter ist die Vorstellung davon, wie sich die Faschingsgestalten im Bett verhalten. Ist der muskelbepackte Rocker möglicherweise devot? Schwingt Dornröschen zu Hause die Peitsche oder lässt sich der Husar vielleicht gern fesseln?

Hannah bekommt von Janas Gedanken nichts mit. Sie ist angeregt vertieft in ein Gespräch mit Winnetou, der ihr immer wieder in den Ausschnitt stiert. Inzwischen hat er einen Arm um die Mittelalterlady gelegt und baggert heftig und, dem Gekicher Hannahs nach zu urteilen, wohl auch erfolgreich.
Es ist inzwischen nach acht abends. Jana beobachtet das Treiben am Tisch und schweift mit ihrem Blick immer wieder durch den Raum. Am Eingang ist Bewegung entstanden, weil eine Gruppe gerade aufbricht, während eine andere ankommt. Es scheint sich um einen Elferrat zu handeln, denn etliche tragen prunkvolle Uniformen mit den typischen Komitee-Mützen. Einer von ihnen schaut genau in dem Augenblick zu Jana, als sie ihn entdeckt und sich unbewusst über die Lippen leckt. Groß gewachsen und schon leicht grau meliert, macht er eine gute Figur. „Dominant oder devot?", versucht Jana wieder abzuschätzen. Noch immer hält er Blickkontakt, wird aber von seinen Kumpanen abgelenkt und setzt sich. Der Zufall will es, dass er Jana weiter beobachten kann. Immer wieder schielen sie zueinander hin. Was soll schon passieren? Ein kleiner Flirt im Trubel, außerdem ist sie durch ihre Schminke nicht zu erkennen. Jana ergreift die Initiative. Sie verlässt ihren Platz, streift im Vorbeigehen über seine Schulter, als müsse sie sich wegen der Enge abstützen, und geht weiter zu den Toiletten. Wie erhofft folgt er ihr und steht im Vorraum, als sie den Ladysroom wieder verlassen will.
„Hey du Kobold, du hypnotisierst mich ja fast mit deinen strahlend blauen Augen. Siehst du, schon folge ich dir brav wie ein Schoßhund in dieses Ambiente. Dafür wirst du mir einen Kuss schenken."
Spricht´s, umfasst ihren Nacken und küsst sie direkt auf den Mund. Nichts Ungewöhnliches, im Karneval. Wären da nicht die festen Lippen, die nicht nach einer flüchtig-freundschaftlichen Berührung verschwinden. Vorsichtig beginnt ihr Besitzer zu liebkosen, zu streicheln, zu knabbern. Der Kuss wird leidenschaftlicher als er merkt, dass Jana ebenso gefangen ist wie er. Andere kommen und gehen, kichern oder machen anzügliche Bemerkungen. Die beiden bekommen davon nichts mit. Versunken in diesen zauberhaften Moment genießen sie einfach nur.

„Ich will mehr von dir, mein schöner Harlekin, aber ich kann noch nicht weg. Sag jetzt nichts. Wenn es nicht nur bei diesem atemberaubenden Kuss bleiben soll, dann komm gegen zehn zu mir ins Marriott, Zimmer 514. Ich würde mich freuen. Sehr." Noch ein flüchtiger Kuss, ein Augenzwinkern und weg ist er. Jana leckte sich über die brennenden Lippen. Wow!

Teufelchen begeistert: „Hui, was war'n das?! Der kann küssen! Wenner im Bett ... "
Engelchen: „Hey, wo wandern denn meine Gedanken hin? Ich kann doch nicht ... "
Teufelchen enttäuscht: „Warum denn nisch? "
Engelchen: „Weil ich ihn doch gar nicht kenne. Mit einem Wildfremden in den Laken wälzen, das geht doch nicht! "
Teufelchen grummelt: „Wär' ja nisch das erste Mal. Un die ander'n war'n einfach nur geil! "
Engelchen: „Und was ist beim letzten Mal herausgekommen? "
Teufelchen altklug: „Megaärscher. Aber die Gefahr besteht doch hier nisch. Eene Nacht, nisch mehr. Den siehste nie wieder. "
Engelchen: „Mpfhhh. "
Teufelchen singt: „Ich will Spaß, ich will Spaß...! "

Jana geht zurück zum Tisch. Hannah und Winnetou sind verschwunden.

Teufelchen aufgeregt: „Das ist der Wink den Schicksals. "
Engelchen: „Quatsch. Das sind außer Kontrolle geratene Hormone. Na toll. Was mache ich denn jetzt? "
Teufelchen: „Ein Taxi rufen? "

Aufgeregt steigt Jana vor dem Hotel aus dem Taxi. Sie durchquert erhobenen Hauptes die Lobby und fährt mit dem Lift in die fünfte Etage. Zimmer 514. Zaghaft klopft sie. Und wartet. Und wartet. Und wartet.

Engelchen mault: "War ja klar. So eine dumme Idee!"
Teufelchen: "Menno, nu warde doch ma."
Engelchen hämisch: "Worauf?"

Teufelchen: "Er kann sooo gut küssn."
Engelchen zynisch: "Wer weiß wenn!"
Teufelchen: schnieft

Enttäuscht dreht sie sich um. Nach den ersten Schritten ertönt das „Pling!" des Liftes und der Unbekannte steigt aus.
„Du bist tatsächlich hier!", flüstert er mit strahlenden Augen und öffnet die Zimmertür. „Ich freu´ mich. Komm ´rein." Er fasst Jana an der Hand und nimmt sie mit in die Suite.
"Darf ich mich vorstellen? Ich bin ..."
Weiter kommt er nicht, denn Jana legt ihm einen Finger auf den Mund.
„Ich will es nicht wissen. Eine Nacht im Karneval. Heiß und intensiv. Einmalig. Du bist Mars, ich bin Venus."
Mars betrachtet seine Venus und nickt langsam und verstehend. Sanft hält er ihre Hand fest und knabbert an dem Finger, der seine Lippen verschlossen hat. Er küsst sie wieder, so wie wenige Stunden zuvor, bis er sich schwer atmend von ihr löst.
„Dann sollten wir aus Harlekina zuerst eine Venus machen. Lass uns duschen gehen!"
Vier Hände streichen über zwei nasse Körper, verteilen Gel und Gänsehaut unter dem warmen Wasser. Lust durchflutet Nervenbahnen, Gier kommt auf. Glitschiges aneinander Reiben. Stöhnen. Knurren. Hecheln.
Kraftvolles Stoßen. Zartes Beißen. Sanftes Lecken.
Feuerwerk im Kopf.
Ekstase.

Das Wasser läuft noch immer. Mars steht hinter seiner Venus und hält sie fest umschlungen.
„Dreh dich um, Schaumgeküsste, ich möchte dein wahres Antlitz sehen!"
Jana lächelt als ihr klar wird, dass er eigentlich die Katze im Sack gekauft hat. Sie wischt noch einmal kräftig über ihr Gesicht, wendet sich ihm zu und schaut ihn an.
„So schön.", flüstert er und beginnt schon wieder, sie zu küssen. Dabei stellt er die Dusche aus und trägt Venus aus dem Bad auf das große Bett. Schnell trocknet er sich ab, bevor er sich ihr zuwendet. Sein erstes Verlangen ist gestillt. Nun möch-

te er jeden Zentimeter dieses Körpers erforschen, die weiche Haut berühren und in Schwingung versetzen. Er freut sich über jeden Schauer, den er erzeugt, jeden Lustlaut, den er hört. Vertrauensvoll offen liegt diese Frau vor ihm, gibt und nimmt schrankenlos.
Seine Zunge beginnt am Hals, einzelne Wassertropfen aufzunehmen. Über Schlüsselbein und Schultern führt ihn sein Weg zu den vollen Brüsten. Steil und hart ragen ihm die roten Spitzen entgegen, bitten regelrecht darum, geküsst, geleckt und beknabbert zu werden. Ausgiebig widmet sich Mars diesen göttlichen Hügeln und freut sich über Venus' Stöhnen. Sie liegt nicht bewegungslos wie eine Flunder, sondern kommt ihm entgegen, bäumt sich auf, zieht seinen Kopf näher heran, lenkt ihn sacht. Weiter geht seine Reise. Er besucht das Tal des Nabels, streicht wellige Hüften und begibt sich endlich auf den Hügel seiner Venus. Einladend hat sie ihre feuchten Schenkel geöffnet, ihr Duft strömt ihm anregend entgegen. Seine Lippen küssen ihre, statt mit ihrer Zunge spielt er mit ihrer Perle. Er labt sich an ihrer Feuchte. Mit harter Zunge stößt er zu, mit weicher reizt er. Seine Hände umfassen ihren Po, halten die fest, die sich immer heftiger vor Lust windet. Er spürt, dass sie fast auf dem Gipfel ist - und lässt seine Zunge ruhen. Venus knurrt unwirsch. Mars lacht in sich hinein und legt sich so auf die Schöne, dass seine harte Lanze weich gebettet wird.
„Wenn wir schon Götter sind, werden wir auch göttlich ficken.", hört Venus ihn rau und ganz nah. Seine Zunge umspielt ihre Ohrmuschel. Sofort schießen Blitze in ihren Schoß und sie bäumt sich unter ihm auf. Ihre Klit reibt an seinem Schwanz. Mit einem: „Oh nein, kleine Hexe!" wird sie auf den Bauch gedreht. Mars fixiert sie mit seinem Gewicht und leckt weiter ihr Ohr. Mist. Himmlisch. Auch auf ihrer Rückseite wandert er küssend und leckend von oben nach unten. Bald kniet er zwischen ihren offenen Schenkeln und knetet hingebungsvoll ihre Backen. Immer wieder spürt sie seinen Schwanz zufällig ihren Po berühren und wünscht sich ihn endlich in sich. Sie hebt die Hüften an, um ihn aufzufordern, doch er lacht wieder nur.
„Sehr verführerisch, dein Hinterteil. Ich werde mich ihm ausgiebig widmen, versprochen. Komm auf die Knie … oh ja,

geil. Genauso. Was für ein fantastischer Anblick! Warte, bleib so, bin gleich wieder da."

Etwas Kaltes, Nasses tropft zwischen ihre Backen, das bald darauf verteilt wird. Po und Anus werden nach allen Regeln der Kunst massiert, bis sie ganz entspannt ist. Vorsichtig dringt sein Daumen ein und Venus kann ihre Lust nur herausstöhnen. Mars ist angenehm überrascht, dass sie es zulässt.

„Ich bin nicht sicher, also frage ich dich besser. Ist es ok?"

Jana stöhnt nur: „Gott! Mars! Ja! Mach schon! Ich liebe es."

Nach dieser Massage ist sie sicher, dass er nicht rücksichtslos losrammelt, sondern weiß, was er zu lassen hat. Sie genießt wenig später ihren nächsten Höhepunkt in vollen Zügen. Wie noch einige mehr in dieser zauberhaften Nacht.

Ganz früh am Morgen klaubt sie ihre Sachen zusammen, schlüpft in das Harlekinkleid und verlässt unbemerkt die Suite. Sie steigt in ein Taxi und fährt zu ihrer Gastgeberin. Gerade als sie aufschließen möchte, wird ihr die Tür fast aus der Hand gerissen. Ein blonder Indianer mit schwarzer Perücke in der Hand schaut ihr verschlafen und verlegen entgegen.

„Guten Morgen! Hattest du auch so eine tolle Nacht wie ich?", provoziert Jana ihn fröhlich.

„Ich … äh … naja, also…" stammelt er, bevor er fluchtartig das Grundstück verlässt.

„Soso, von wegen Musterehe.", denkt Jana noch, bevor sie sich die Bilder der vergangenen Nacht abruft und schelmisch grinsend einschläft.

Veilchendienstag.

Kaffeeduft weckt Jana. Sie steht auf und bemerkt Muskelkater an sehr ungewöhnlichen Stellen. Am Frühstückstisch sitzt ihr eine reuige Sünderin gegenüber. Jana genießt ein bisschen Hannahs schlechtes Gewissen, doch will sie das Spiel nicht zu weit treiben.

„Hey, was ist denn schon dabei? Du hattest Lust und Spaß, hoffe ich doch. Wo ist das Problem?"

Hannah jammert zerknirscht: „Da habe ich dir von unserer tollen Ehe erzählt und nur wenige Stunden später springe ich mit Winnetou ins Bett. Das kann doch alles nicht wahr sein! Und was mache ich mit Stefan? Soll ich es ihm sagen? Ich war noch nie in so einer Situation, das musst du mir glauben!"

Jana rollt innerlich die Augen und überlegt, bevor sie antwortet.

„Was ich denke, ist völlig egal. Mein gut gemeinter Rat: behalte das Erlebnis für dich und verschließe es als schöne Erinnerung, wenn du kannst. Du musst selbst entscheiden, wie du damit umgehen willst. Was liegt heute an?", lenkt sie vom Thema ab.

„Wir haben noch Zeit, bevor wir zum Nubbelverbrennen gehen. Also heute nochmal volles Rohr Party machen."

Jana ist ganz froh, dass Hannah sie nicht nach ihrem Verbleib der vergangenen Nacht befragt, und denkt gern daran zurück.

Am Abend ziehen die beiden Frauen wieder durch die Stadt und feiern ausgelassen. Sie treffen auf die ersten Nubbel, denen vor den Kneipen der Prozess gemacht wird. Angeführt von Karnevals-Priestern oder Karnevals-Mönchen werden die Verfehlungen der letzten Wochen symbolisch mit diesen Figur verbrannt. Wenn das nur so einfach wäre! Durch den Alkohol mutig geworden, vertraut Hannah auf Janas Verschwiegenheit und gesteht ihr, dass sie sich verabredet hat.

„Wir treffen uns in einem Hotel, weil Stefan heute vielleicht im Laufe der Nacht nach Hause kommt. Sag einfach, wir haben uns aus den Augen verloren, falls er dich fragt. Ich kläre das schon mit ihm."

Jana denkt sich ihren Teil und zuckt mit den Schultern. Die Geisterstunde ist längst angebrochen, sie hat in der letzten Nach kaum geschlafen und ihr ist kalt. So beschließt sie, die Party den anderen zu überlassen.

In Hannahs Haus zurück, schält sich Jana im Gehen auf der Treppe Stück für Stück aus ihrem Kostüm und geht ohne Umschweife unter die Dusche, um sich aufzuwärmen. Sie schließt die Augen, denkt an letzte Nacht zurück und beginnt, sich sinnlich selbst zu streicheln. Mit kreisenden Bewegungen massiert sie ihre Brüste, bis die Spitzen hart sind. Wie herrlich hat es sich angefühlt, als er sie in den Mund genommen und mit seinen Zähnen zärtlich gebissen hat! Schon fühlt sie ein erstes prickelndes Brodeln in ihrem Schoß. Sie stellt den Duschkopf auf eine Massagedüse ein und lässt den harten Strahl auf ihren Hintern treffen. Mit einer Hand stützt sie sich an der Fliesenwand ab und beginnt, ihre Klit zu massieren. Venus denkt an Mars. Ungehemmt stöhnt sie unter der Dusche, es kann sie ja keiner hören. Als sie sich erinnert, wie Mars sie a tergo genommen hat, kommt sie mit einem lauten Stöhnen.
Jana tritt aus der Dusche und erstarrt. Mars steht nackt und lässig an den Waschtisch gelehnt vor ihr und wichst genüsslich. Sie schüttelt den Kopf, als wolle sie ein lästiges Insekt verscheuchen, doch Mars steht sehr lebendig in diesem Bad und grinst.
„Wie kommst du hier herein?", fragt sie, noch immer völlig perplex.
„Das Selbe könnte ich dich fragen, denn das ist mein Haus."
„Dein Haus? Du bist?"
„Genau. Ich bin Stefan und du bist?"
„Jana. Das gibt es doch gar nicht! Da rennen Tausende Jecken durch Kölle und ausgerechnet DU ..." Jana schüttelt ungläubig den Kopf.
„Nehmen wir es einfach als Wink des Dreigestirns und machen das Beste draus. Du hast dein Kleid auf der Treppe quasi als Wegweiser liegen gelassen und schon ohne mich angefangen."
Venus sieht Mars vor sich. Erregt bis in die Haarwurzeln, spitz wie Nachbars Lumpi. Das hat er nun davon, dass er sie heimlich beobachtet hat. Strafe muss sein und sie hat auch schon

eine Idee. Während sie sich abtrocknet, bereitet sie den Boden für ihr Spiel.
„Du bist meiner Einladung gefolgt, deshalb gelten meine Regeln. Du wirst mich nicht anfassen, bis ich es dir erlaube! Hände weg von deinem Schwanz! Und bring mir zwei Seile!" Dann wartet sie gespannt.
Mars glaubt seinen Ohren nicht zu trauen. Sie will die Führung übernehmen? Sind seine Gebete endlich erhört worden?
„Göttliche Venus, dein Wunsch ist mir Befehl. Bin sofort zurück." Mit vor Vorfreude wippendem Kolben stürzt er in den Keller und holt aus der hintersten Ecke einen Werkzeugkasten. Schnell putzt er den Staub etwas ab, schnappt sich noch eine gute Flasche Rotwein und hastet die Treppe wieder hinauf.
Mars überreicht seinen Spielzeugkasten. „Es ist alles neu und unbenutzt." Er stellt ihn aufgeklappt auf den kleinen Tisch gegenüber dem Bett in Janas Gästezimmer. Schnell öffnet er noch die Weinflasche und schaut Venus erwartungsvoll in die Augen.
„Dreh dich mit dem Gesicht zum Bett und verschränke die Arme auf dem Rücken!", weist sie ihn mit klarer Stimme an. Dann sortiert sie in Ruhe die Spielsachen. Manches wird sie verwenden, anders nicht. Sie nimmt zwei der Seile und tritt hinter Mars. Langsam, fast schon zeremoniell, umwickelt sie sein erstes Handgelenk, prüft und verknotet das kurze Ende. Gleiches geschieht mit dem zweiten Handgelenk. Sie streicht mit ihren Händen von seinen Schultern über seinen Rücken und den festen Po, außen an den Schenkeln und Wanden bis zu seinen Füßen, kehrt um und geht innen wieder nach oben. Mit flacher Hand gleitet sie über sein steil aufgerichtetes Schwert, weiter über den Bauch zu seinen dunklen Warzen, die sie mehrfach umkreist. Unter ihrer Behandlung verhärten sie sich. Aus der vorangegangenen Nacht weiß sie, dass er sehr empfindlich dort ist, das wird sie sich zu Nutze machen.
„Leg dich auf den Rücken!"
Mars folgt der Aufforderung und legt sich entspannt aufs Bett. Er genießt jede Berührung, vor allem aber, dass er einmal nicht aktiv sein muss, sondern sich ganz den sinnlichen Eindrücken hingeben kann.
Venus kniet sich zwischen seine Beine.

„Zieh die Knie an und stell deine Füße auf!" Zuerst nimmt sie das lose Seilende der linken Hand und schlingt es um das linke Fußgelenk, so dass die Hand eng an den Fuß gebunden ist. Auf der anderen Seite geschieht das Gleiche. Mit wenigen Griffen hat sie Mars so gefesselt, dass er sich nicht mehr fortbewegen kann. Zu guter Letzt verbindet sie ihm die Augen. Venus setzt sich in den Sessel gegenüber und beobachtet ihn. Offen liegt er vor ihr, die aufgestellten Beine leicht gespreizt, so dass sie vollen Ausblick seine Kronjuwelen hat. Sie bleibt still, gibt ihm Zeit, sich ganz fallen zu lassen, sich ihrer Führung bewusst zu werden. Sein Atem wird ruhiger, seine Erregung legt sich wieder. Noch immer wartet sie. Sie weiß, dass sie alle Zeit der Welt haben, denn Hannah wird erst am frühen Morgen wieder zurück sein.
„Stell dir vor ich sitze hier im Sessel und habe die Beine über die Armlehnen gehängt."
Mars hört, wie der Sessel knarzt. Was tut sie da?
„Meine Möse glänzt noch nass und es ist ein Leichtes, zwei, drei Finger einzuführen."
Er hört das typische Schmatzen und sieht vor seinem inneren Auge, wie ihre Finger verschwinden.
„Ja, das tut gut."
Weiter schmatzt es. Mars kann nichts sehen und nichts tun, doch die Vorstellung, dass sie nur wenige Meter entfernt vor ihm sitzt und es sich selbst besorgt, macht ihn an. Sein Schwanz pocht. Er würde ihn so gern in ihrer Nässe versenken.
„Nein, meine Finger reichen nicht, ich brauche etwas Härteres. Was haben wir denn hier? Einen großen Dildo, soso."
Dieses Spielzeug hatte er selbst schon benutzt, für sich ganz allein. Es war ein irres Gefühl, als er sich ihn zum ersten Mal eingeführt hatte. Hannah ist für diese Art, Lust zu leben, leider nicht zu begeistern. Den Dildo jetzt in Janas Körper zu hören, geilt ihn deshalb erst recht auf. Sie bewegt sich unruhig auf dem Ledersessel.
„Warum mache ich mir eigentlich nicht deinen Mund zunutze?"
Mars merkt, wie sie wieder zum Bett kommt und es sich an einer Seite senkt.
„Du kannst doch lecken, Mars? Kannst du?"

Ganz nah riecht er ihre Erregung und ihre nasse Möse schmiert über seinen Mund. Venus kniet so über ihm, dass sie ihn auch bedienen könnte, doch bietet sie nur sich an. Mit der Zunge verwöhnt er sie, so gut er kann, leckt durch die prallen Lippen, streicht über die kleine Perle und versucht, in ihre Höhle einzudringen. Das ist schwierig in seiner Position und gelingt nicht wirklich.
„Lecken, hatte ich gesagt, nur lecken! Ja, so ist es gut, mach weiter!".
Plötzlich spürt er einen heftigen Schmerz. Sie hat ihn ohne Vorwarnung in eine der Brustwarzen gekniffen. Ihm bleibt fast die Luft weg, mehr vor Überraschung als vor Schmerz. Gleichzeitig rasen tausend Volt durch seine Adern.
„Weiterlecken"! hört er sie streng und spürt, wie die tausend Volt von der anderen Brustwarze aus starten. Himmel, dieses Weib! Jana beginnt mit geölten Händen, ihn zu wichsen. Nein, das ist nicht nur Wichsen. Sie streicht und knetet und klopft – es ist einfach göttlich. Ihre Möse ist verschwunden, weil sie sich auf seinen Brustkorb gesetzt hat. Was sie mit seinem Schwanz, seinen Eiern und seinem Damm veranstaltet, ist unglaublich geil. Langsam treibt sie ihn weiter, doch unterbricht sie auch immer wieder die Spirale, streicht über seine Leisten und Schenkel. Er hört auf zu denken, spürt dem nach, was sie ihm schenkt.
Er fühlt, wie sie ganz von ihm absteigt, auch ihre Hände sind weg. Schade, es war so angenehm erregend.
„Dreh dich auf den Bauch, geiler Mars! Ich habe noch eine Überraschung für dich. Du wirst es mögen.", verspricht sie geheimnisvoll.
Mars hat einige Mühe, sich so gefesselt in die gewünschte Position zu bringen, schafft es aber nach zwei Versuchen und mit etwas Schwung, wie ein Kaninchen auf den Knien zu liegen.
„Noch nicht ganz" hört er sie, „Knie auseinander und reck deinen Arsch in die Höhe."
Es ist ihm peinlich, sich ihr so zu präsentieren, und gleichzeitig erregt es ihn. Bevor er über seine Befindlichkeiten nachdenken kann, wird er von einem neuen Geräusch abgelenkt, das ihm eine Gänsehaut verpasst. Sie streift Gummihandschuhe über und lässt mit voller Absicht die Dinger extra gegen ihre Haut

schnippen! Schon spürt er das Gleitmittel seine Ritze entlangtropfen und zuckt zusammen, als sie ihn berührt. Bald merkt er, dass auch sie genau weiß was sie tut, und er entspannt sich.
„Du musst nicht fragen, tu es einfach, bitte!", nimmt er ihre Frage vorweg. So bekommt er, was er schon immer einmal erleben wollte. Es ist mit keinem Spielzeug zu vergleichen, wie er schnell feststellt. Ganz anders. Er genießt, spürt nach, lässt es auf sich zukommen und geschehen. Als es aus ihm herausfließt, sieht er fast Sterne, so reißt es ihn mit. Den Orgasmus, den sie ihn im Anschluss und ohne Fesseln schenkt, wird er bis an sein Lebensende nicht vergessen.

Aschermittwoch

Die Morgensonne scheint ins Zimmer. Stefan und sein Spielzeugkoffer sind verschwunden, Janas Kostüm liegt ordentlich auf dem Sessel. Von unten dringt ein lauter Streit zu ihr herauf. „Oh, Mist, klingt nach Ehekrach. Nichts wie weg!", denkt sie und verschwindet im Gästebad. Schnell packt sie anschließend ihre Sachen zusammen und trampelt möglichst geräuschvoll die Treppe hinab.

„Guten Morgen ihr beiden! Aschermittwoch. Vorbei ist die närrische Zeit, was?" Sie blickt in erhitzte Gesichter und verlegene Augen. „Danke für Eure Gastfreundschaft und ... alles. Ich werde diese Tage gern in Erinnerung behalten. Jetzt lasse ich Euch besser allein und mache mich auf den Weg." Sie nimmt ihren Koffer und das Harlekinkleid und schließt die Tür hinter sich.

Engelchen: „Muss ich jetzt ein schlechtes Gewissen haben?"
Teufelchen strahlend: „Nee. Wieso denn? Warn doch zwee dolle Tage. Un die Nääschte erscht!"

Le Grand Dessert

Es sollte eine kleine Abendgesellschaft werden. Das war nichts Ungewöhnliches. Immer wieder fanden solche und ähnliche Festlichkeiten im Chateau statt, in dem ich nun schon seit über einem Jahr für die kulinarischen Genüsse zuständig war. Als ich mich vorstellte, hatte ich mich über die ungewöhnlichen Fragen gewundert, die mir die Hausherrin stellte. Inzwischen war ich über die erotischen Vorlieben meiner Arbeitgeber im Bilde, so wie alle anderen, zum Schweigen verpflichteten Angestellten auch.
Ein Dessert? Ja, aber nichts Alltägliches sollte es sein. Da waren noch die dunklen, herben Schokoladenreste einer anderen Veranstaltung, die man mit Obst kombinieren konnte. Ich begann, verschiedene Früchte zu waschen, sie von Schale und Kernen zu lösen. Meine Hände schwelgten in ihrem saftigen Fleisch, süßer Most lief mir zwischen den Fingern hindurch. Der Duft beruhigte langsam meine aufgeregten Sinne. Etwas Honig, ein Glas Sherry, eine zerriebene Chili und die bittere Schokolade würden dem Salat meine ganz eigene Note geben.
Als alles in einer Kristallschale angerichtet war, legte ich meine Küchenkluft ab. Nie wäre es mir in den Sinn gekommen, die erlesenen Speisen in bekleckerter weißer Baumwollschürze zu servieren. Andererseits hatte ich mich als Personal dezent zu kleiden, was nicht bedeuten musste, mich in Sackleinen zu wickeln. Ich schlüpfte in einen nicht zu kurzen, aber eng anliegenden, schwarzen Rock und nahm meine schwarze Chiffonbluse vom Bügel. Heute einen Knopf mehr als üblich offen lassen? Warum nicht?! Schließlich konnte ich meine Figur durchaus zeigen. Die passenden Heels angezogen und schon konnte es losgehen.
Ich nahm die Kristallschüssel und machte mich auf den Weg zum Bankettgewölbe. Auf den Gängen war es ruhig, keiner unterwegs, gegen den ich den Schüsselinhalt hätte verteidigen müssen. Als ich den Gewölbekeller betrat, saß der Portier an einem der Holztische. Er war relativ neu hier, ich hatte bisher

kaum Kontakt zu ihm gehabt. Meinen kurzen Gruß schien er nicht zu hören, sonst hätte er sicher sofort aufgehört mit dem, was seine Hand unter den Tisch tat. Sah ich das richtig? Gedankenverloren strich er sich über seinen Schritt. Ich stellte vorsichtig, um ihn nicht zu erschrecken, die Schüssel ab und beobachtete ihn eine Weile. Er schien meilenweit weg, obwohl seine grünen Augen mich ansahen. Wann nahm er mich bewusst wahr? Sein Blick wurde intensiver, das Grün zog mich magisch an. Wann hatte mich zuletzt ein Mann so angesehen? Dieser war nicht nur reifer als die übrigen Bewohner des Chateaus, vor allem war er erfahrener. Er sah nicht nur die Fassade. Das Raubtier in mir war plötzlich hellwach, witterte Gefahr und Erfüllung zugleich.
Ein unsichtbares Band zog mich zu ihm. Katzengleich glitt ich auf den Tisch zu, an dem er saß. Ich legte die kleine Tageskarte vor ihn und erzählte irgendwelchen Schwachsinn von knackigen Äpfeln, prallen Honigmelonen, saftigen Birnen, reifen Pflaumen und süßen Feigen. Vor allem aber ließ ich die Augen nicht von seinen, die mich unverwandt fixierten. Lust begann, meinen gesamten Körper zu durchfluten. Ich wollte dieses Spiel, ihn reizen und mich zurückziehen, zwei Schritte vor und drei zurück machen. Kampflos würde ich mich nicht ergeben. Ich beugte ich mich über den Tisch, blickte ihm weiter tief in die Augen und sonnte mich in dem fast unmerklichen Aufleuchten seiner grünen Iris. Er nahm meinen Duft in sich auf, ich konnte es hören. Das Kribbeln wurde stärker, die ohnehin üppigen Brüste schwollen, das Atmen fiel mir schwerer. Noch weiter beugte ich meinen Oberkörper seinem entgegen. Wann würde er aus seiner Trance erwachen? Ich fieberte der ersten Berührung entgegen, wollte seine Wärme aufnehmen. Endlich spürte ich, wie seine Hand langsam meinen Rücken entlang nach oben glitt und sich an meinen Kopf legte. Die Berührung war leicht, fast zärtlich, doch auch fordernd, als er mich noch näher zu sich heranzog. Dieser Mann wusste, was er wollte, aber er würde mir meine Freiheit lassen, um uns höchsten Genuss zu ermöglichen. Kein schneller Fick, sondern erfüllender Sex. An diesem Ort?
Bevor meine Gedanken die Oberhand gewinnen konnten, fing mich der grüne Blick wieder ein. Ganz nah war ich seinem

markanten Gesicht, nahm seinen Duft auf und überwand die letzten Millimeter. Wunderbar weiche Lippen streiften meinen Mund, küssten nicht nur die Hülle, sondern auch die Seele. Ich genoss es, ihn so zu kosten, in winzigen Schritten auf ihn zuzugehen. Ein Kuss konnte so viel signalisieren! Verlangen, Heißhunger, Gier, Hass, Liebe, Wut. Seine Küsse waren pure Sinnlichkeit, schmeckten nach Mann und Sicherheit, versprachen und warnten in einem. So wie man einen besonders edlen Tropfen nicht einfach in sich hinein schüttet, so wollte ich die Begegnung mit dem Portier in allen Facetten auskosten. Auch er schien nicht nach der schnellen Nummer zu streben.
Mit Bedacht begann ich, an seinen Lippen zu knabbern. Meine Zungenspitze tastete sich behutsam in die fremde Höhle vor, eröffnete einen leichten Tanz mit ihrem Pendant. Heiße Lust durchströmte meine Lenden, stieg langsam höher, hinterließ eine Feuerspur in allen Venen, als er seine Passivität aufgab. Der Reigen in unseren Mündern entwickelte sich zum Tango, heftiger wurde das Geben und Nehmen, schwoll zur großen Woge an und lief sanft wieder aus. Bachus, konnte dieser Mann küssen! Nur widerwillig löste ich mich, doch meine Haltung, so stark über den Tisch gebeugt, wurde einfach zu unbequem. Langsam schob ich meinen Rock etwas höher, ohne den Portier aus den Augen zu lassen, stütze mich mit beiden Händen auf der Tischplatte ab und zog das erste Knie nach oben. Ganz bewusst hatte ich kalkuliert, dass er mir genau gegenüber saß und erwartungsvoll seinen Blick auf den kleinen Spalt richten würde, den der Rocksaum über der Tischplatte bildete. Ich ließ ihm gerade genügend Zeit sich auszumalen, was darunter zu finden sein könnte, ehe ich das zweite Bein nachzog. Lasziv bewegte ich mich auf allen Vieren auf ihn zu.
Weib. Vamp. Hure. Es gibt so viele Worte, die letztendlich das Gleiche meinen und im spießigen Alltag vor den Toren des Chateaus mit negativem Touch belegt sind. Wie mich der Portier in diesem Moment bezeichnet hätte, war mir völlig egal – ich fühlte mich genauso. Meine animalischen Instinkte hatten längst die Regie übernommen. Ich befand mich im Stadium ständig steigender Geilheit und diesen Zustand liebte ich. Ganz besonders dann, wenn mir - wie offensichtlich mit diesem - ein

Mann zur Verfügung stand, der mit einem geilen Weib umzugehen verstand.

Er hatte wortlos und trotzdem unmissverständlich die Führung übernommen, als er mich mit einer kleinen Handbewegung zu sich befahl. Es fiel mir schwer, die Kontrolle abzugeben. Andererseits hatte mir mein gut geschultes Bauchgefühl sehr schnell signalisiert, dass ich volles Vertrauen zu diesem Mann haben konnte. Weshalb also einen Kampf aufnehmen, den ich gar nicht gewinnen wollte? Wir waren uns einig, wohin das Spiel führen sollte. Unklar blieb nur, wie lange wir uns umkreisen würden, bis einer die Beherrschung endgültig verlor. Lange sollte es dauern, wünschte ich mir in diesem Augenblick.
Wie eine Katze kroch ich auf ihn zu, schwang im Hohlkreuz meinen Hintern. Der Anblick meiner wogenden Brüste erzielte die gewünschte Wirkung. Ich sonnte mich in seiner wissenden Aufmerksamkeit. Ganz nah vor ihm richtete ich mich langsam auf meine Knie auf, wobei meine inzwischen steifen Nippel unter der Chiffonbluse nur knapp den Kontakt mit seinem Gesicht verfehlten. Mit den Fingernägeln streifte ich prüfend über seine Brust und die Oberarme entlang. Mir gefiel, was ich fühlte. Diese Arme würden mich bändigen, wenn ich mich in Ekstase wand. Aber soweit waren wir noch nicht.
Derart nah vor ihm wartete ich auf seine Reaktion. Ich war mir sicher, dass er ein Meister sein würde, einer der es meisterlich versteht, den Körper einer Frau zu lesen, auf ihm zu spielen und genau daraus seinen Kick zog. Einer der wusste, was ich zu geben hatte, wenn er wiederum mir die Sicherheit geben konnte, die ich brauchte, um mich aller Hemmungen zu entledigen.
Seine Eröffnung bestätigte meine Annahme. Seine Hände streiften zärtlich von meinen Waden an aufwärts. Er ließ sich Zeit, kostete jeden Zentimeter aus, jagte die ersten Stromstöße zu meinem Schoß, als er die Kniekehlen ausgiebig einbezog. Weiter wanderten seine Hände an den äußeren Oberschenkeln nach oben. Sie nahmen Stück für Stück den Rock mit. Ich hoffte, er würde bald nackte Haut erreichen, wollte die Berührung meines Lustzentrums endlich spüren, doch er bestimmte das Tempo. Dass ihn das Spiel ebenfalls erregte, konnte ich an

seinen tiefen, schneller werdenden Atemzügen hören. Als er den Spitzenrand der halterlosen Strümpfe erreichte, zog er die Luft scharf ein. Seine Finger hinterließen eine brennende Spur, ließen meine Lust weiter anwachsen. Immer höher rutschte der Rock und legte langsam meine Scham frei. Meine Hände vergruben sich in seinen Haaren, als ich mich auf ihm abstützte, um meine Schenkel zu öffnen und mir etwas Erleichterung zu verschaffen. Die kühle Luft zu spüren, trug wenig zur Abkühlung bei, ganz im Gegenteil. Er hatte den Rock inzwischen ganz über die Hüften nach oben geschoben. Seine kräftigen Hände schlossen sich um meinen festen Po. Er brauchte nur ... Nein, so einfach wollte er es mir nicht machen. Er genoss erst, was er zu sehen bekam. Meine Schamlippen waren ganz sicher schon ordentlich angeschwollen, ich konnte ein leichtes Pochen spüren. Mit wiegenden und kreisenden Hüften lud ich ihn schamlos ein, meinen nackten, glattrasierten Venushügel zu kosten. Er fuhr sich mit der Zungen über seine Lippen, wie eine Raubkatze vor dem Sprung, und ich erwartete sehnsüchtig, dass sie zuschnappte. Noch immer ließ er sich Zeit und mich zappeln. Nur ein Luftzug seines Atems strich ganz zart über mein hochsensibles Geschlecht, ließ aus Lust langsam Gier wachsen. Es würde nicht lange dauern, bis meine Oberschenkel verräterisch zu zucken beginnen würden, ein Reflex meines Körpers ab einem gewissen Level der Erregung, den ich nicht kontrollieren konnte. Der zarte Luftzug wurde etwas kräftiger und wärmer, als sich sein Mund meinen Schenkeln näherte. Ich flehte in Gedanken die Berührung regelrecht herbei, die Spannung war unerträglich. Endlich strich seine Zunge über die Innenseiten meiner Oberschenkel, leckte zärtlich und unendlich langsam in Richtung des inzwischen hoch erregten Fleisches. Seine Hände auf meinem Po verhinderten, dass ich mich seiner Zunge entgegen bewegte, um mir nicht vorzeitig zu holen, worauf ich brannte. Himmel nochmal, ich war so scharf!
Statt endlich dort anzukommen, wo ich ihn sehnsüchtig erwartete, lenkte er meine Aufmerksamkeit auf ein zweites Spielfeld. Seine weiche Fingerkuppe massierte meinen Anus. Wie ich das genoss! Keine Zeit zu entspannen, keine Möglichkeit, mich auf einen Hotspot zu konzentrieren. Während die eine Hand sich weiter meiner Rosette widmete, spürte ich die zweite, die sich

sanft auf meinen Unterbauch legte, und den Daumen, der mit leichtem Druck auf meinen Venushügel meine Perle freilegte.
Die Spannung, die sich an beiden Brennpunkten aufbaute, war kaum auszuhalten. Meine vor Erregung unkontrollierbar zitternden Schenkel, meine in seinem Haar wühlenden Hände und die kehligen Laute, die sich mir entrangen, schienen ihn nur noch mehr anzustacheln. Mit der von mir schon vermuteten Erfahrung eines wahren Meisters der Lust glitt der Portier fast gleichzeitig mit seinem Finger in meinen Anus und mit seiner Zunge tief in meine nasse, heiße Spalte. Der Reiz war gigantisch. Grelle, regenbogenfarbige Lichter schienen durch mein Hirn und meinen Unterleib zu jagen. Das war pure Geilheit, gesteigert mit jeder neuen Bewegung. Ich vergaß Raum und Zeit. Nur auf die einströmenden Reize fixiert, gab ich mich hin. Gierig. Hungrig. Genoss jedes Geschenk, das er mir machte, und erhoffte im gleichen, zitternden Atemzug schon das nächste. Er saugte, leckte, massierte, biss und knabberte, dass mir Hören und Sehen verging. Ich war ganz gefangen von den unterschiedlichsten Empfindungen, vor allem aber war ich geil. Nie hatte mich ein Mann so zu nehmen gewusst, in niemandes Händen hatte ich mich so aufgehoben und gleichermaßen ausgeliefert gefühlt. Hier, auf diesem Holztisch, konnte ich plötzlich das wollüstige Weib heraus lassen, das so lange in mir geschlummert hatte.
Das sanfte Vordringen seines Fingers in meinem Anus löschte alle Gedanken aus. Ich wollte diesen puren, sinnlichen Sex, jede Sekunde auskosten, diesen Meister und meine Lust genießen. Ich war nur noch im Hier und Jetzt, auf diesem harten, unbequemen Holztisch, den ich jedoch nicht also solchen wahrnahm. Den Finger dagegen schon, sehr. Er drang tief ein, verharrte, um mir Zeit zu geben, mich an das ausfüllende Gefühl zu gewöhnen. Alle Sinne konzentrierten sich auf diese Körperstelle. Ich atmete bewusst tief und langsam, um mich zu entspannen. Schon die wenigen anderen Männer, die diese Pforte jemals übertreten durften waren verblüfft, wie sehr ich diese Spielart genießen konnte, wie lustvoll ich sie empfand. Dem Portier ging es wohl nicht anders. Er begann in gutem, nicht zu schnellem Rhythmus zu massieren. Jeder Strich verursachte ein Aufleuchten meines inneren Regenbogens, dessen

Farben immer kräftiger wurden. Ich gab mich diesem Augenblick ganz hin, erspürte das stetige Anwachsen meiner Erregung. Und fühlte, wie der Portier an zweiter Stelle eindrang. Nicht vorsichtig, sondern sehr bestimmt, versenkte er seinen Daumen, suchte und fand zielsicher den magischen Punkt. Mein geiles Aufkeuchen glich dem Schrei eines Tieres, animalisch, unkontrolliert, gierig.

Welches Bild bot sich dem vor mir sitzenden Mann? Ein geiles Weib, das mit geöffneten Schenkeln vor ihm kniete, den Kopf in den Nacken geworfen. Seine Hüften kreisten und senkten sich auf seine Hände, die schweren Brüste schwangen unter der durchsichtigen Bluse im Takt seines heißen Tanzes. Es strahlte puren Sex aus, nahm, was er ihm geben konnte und er ahnte, wie es sich unter ihm, auf ihm, vor ihm anfühlen würde.
War es dann verwunderlich, dass der Portier, dessen Hose inzwischen zum Bersten ausgefüllt sein musste, die Gangart verschärfte? Hart und heftig trieb er mich, feuerte mich an und ergötzte sich an dem Schauspiel, dass ich bot. Immer schillernder wurden die Farben, meine Entladung stand kurz bevor. Doch er brach unvermittelt ab und zog sich abrupt und vollständig aus mir zurück. Wieder keuchte ich, dieses Mal vor Enttäuschung und Wut, so kurz vorm Ziel gestoppt zu werden. Mir blieb kaum Zeit, heftig Luft zu holen, um ihm gehörig die Meinung zu geigen, so schnell hatte er sich seiner Hosen entledigt, mich an der Schulter gepackt und mit einem versierten Griff, den er nicht aus einer Portiersausbildung haben konnte, rücklings auf den Tisch befördert. Die Zeit, die ich brauchte, um mich neu zu orientieren, nutze er, um zu mir auf den Tisch zu steigen und sich ganz ruhig auf meinem rechten Oberschenkel zu positionieren. Verblüfft hielt ich den Atem an, denn eigentlich hatte ich erwartet, dass er seinen steil aufgerichteten Schwanz in mich rammen würde. So schnell wie er mich soeben flach gelegt hatte, so langsam fuhren jetzt seine Hände auf der Bluse über meinen Bauch nach oben zu meinen herrlichen Birnen. Meine vom Chiffon gereizten, harten Nippel stießen gegen seine Handflächen, als ich meinen Oberkörper dieser Liebkosung entgegen hob. Doch er hatte mehr vor, fixierte mich mit seinem Blick und lächelte mich süffisant an. Seine

Hände legten sich fast fürsorglich auf meine Schultern. Was kam jetzt?
Ritzsch! Er zerriss mit einer einzigen heftigen Handbewegung die Bluse, so dass die Knöpfe in alle Richtungen davon sprangen! Zuerst wollte ich endgültig und lauthals protestieren, doch blitzschnell überlegte ich es mir anders. Anschleichen, täuschen und dann zuschlagen? Das konnte ich auch! Also stieß ich ruhig den Atem aus, entspannte mich und präsentierte ihm, was ich an Oberweite zu bieten hatte. Und das war nicht von schlechten Eltern. Ihm gefiel sehr, was er zu sehen bekam. Das Aufleuchten seiner Augen und das Zucken seines Schwanzes verrieten ihn. Sehr gut, für mich. Es störte mich deshalb auch gar nicht, dass er nach meinen Handgelenke griff und sie über meinem Kopf zusammenführte. Ganz besonders interessant wurde meine Lage, als er sich weit zu mir herunter beugte und mir ins Ohr flüsterte: „Du musst gefickt werden."

Da hatte er ganz sicher recht und ich konnte sehen, wie gern er sich jetzt in mir versenken und sein Spiel weiter mit mir treiben wollte, das mir durchaus gefiel. Doch immer nur passiv zu sein, entsprach nicht meinen Vorstellungen von einer derart heißen Nummer, die wir begonnen hatten. Das Ziel fest vor Augen funktionierte mein kompletter Körper wie programmiert, obwohl ich nie eine Kampfausbildung erhalten hatte. Muskeln anspannen, Knie anziehen, Schwung holen. Am Ende einer sehr schnell und kraftvoll ausgeführten Bewegung waren die Rollen vertauscht: der Portier lag unter mir auf dem Tisch, während ich auf ihm liegend meine nasse Spalte und meine Brüste an ihm rieb. 1...2...3...4...5 Sekunden verstrichen, in denen er sichtlich mit sich rang. Dann verdrängte das zuvor schon beobachtete Lächeln seine Verblüffung und er entspannte sich. Er entließ sogar meine Handgelenke aus seinem noch immer festen Griff und bot mir damit die Führung an.
Einer Schlange gleich bewegte ich mich an ihm abwärts, massierte mit meinem Bauch und mit meinen Brüsten seinen prallen Schwanz, so dass ich zwischen seinen Schenkeln zum Knien kam. Ich ließ meinen Blick über den vor mir liegenden, erwartungsvollen Mann schweifen und entdeckte eine der auf dem Tisch stehenden Ölflaschen. Schnell hatte ich ihm sein

Jackett und das Hemd von den Schultern gezogen, streckte mich lang über ihn und angelte mir die Flasche. Natürlich konnte er es nicht lassen, mit seiner Zunge über den Nippel zu lecken, der sich ihm dadurch so verführerisch anbot. Langsam kam ich auf meine Knie zurück und sah ihm offen ins Gesicht. Würde ich mich jetzt einfach auf ihn setzen, um ihn zu reiten, hätte unser Spiel ein schnelles Ende. Doch in unserer nonverbalen Kommunikation hatten wir uns auf ein langes Genießen geeinigt. Ich goss mir deshalb reichlich Öl in die Hand und wärmte es etwas an, bevor ich es auf seinen Bauch fließen ließ. Mit den flachen Händen begann ich, ihn zu massieren. Die Konzentration auf das, was ich zu tun vorhatte, ließ mich selbst ruhiger werden. Sanfte, ziellose Striche sollten seine starke Erregung etwas abbauen helfen, um ihm dann ein ganz besonderes Erlebnis zu schenken. Ahnte er, was ich vorhatte? Wir hatten nicht ewig Zeit, jede Minute konnten wir entdeckt werden. Trotzdem wollte ich der blanken Gier etwas Sinnliches entgegen setzen. Zumindest schien er keine Einwände gegen meine Behandlung zu haben. Er erwiderte meinen Blick ruhig und offen, wie ein stummes Einverständnis.
Sanft führte ich meine Hände über diesen Körper, fühlte seine warme, glatte Haut über Muskeln und Sehnen, erinnerte mich an Gelerntes und verließ mich auf meine Intuition. Kleine Acht, große Acht, Yin-Yang-Ausgleich, große, wohl dosierte Bewegungen, die diskret Behaglichkeit vermittelten. Sein Atem ging tief und gleichmäßig, er konnte sich meinen harmonischen Berührungen hingeben.
Meine Hände wanderten zu seinem besten Stück, das zu meiner Freude sofort mit stolzem Wachstum darauf reagierte. Ich musste also gar nicht die ganze Kunst hervor kramen, sondern konnte mich auf wenige, besonders Erfolg erprobte Handgriffe verlassen. Gern hätte ich diese Symphonie aus Erregung und Entspannung länger zelebriert, doch schließlich lagen wir nicht in einem unserer privaten Gemächer, sondern mitten im Speisesaal und außerdem wollte ich diesen herrlichen Schaft endlich dort spüren, wo er so sehnlichst erwartet wurde.

Der Portier hatte meine Massage sichtlich genossen. Zeitweise war er hin und her gerissen zwischen dem Wunsch, die ent-

spannende Wirkung zu genießen und dem Verlangen, der erregenden Komponente nachzugeben. Spätestens nach der Behandlung seines Schwanzes zwischen meinen herrlichen Brüsten war die Entscheidung endgültig für die Erregung gefallen und das Ergebnis – sein steil aufragender, pulsierender Stab - konnte sich wirklich sehen lassen.
Nach unserem ausgiebigen Vorspiel, das jeder TÜV-Prüfung für Holztische zur Ehre gereicht hätte, wollte ich diesen Schaft endlich tief in mir aufnehmen. Auch der Portier wollte nicht länger warten. Seine Hände, die auf meinen Oberschenkeln lagen, wanderten zur empfindlichen Unterseite und gaben mir zu verstehen, was er erwartete. Langsam hob ich meine Hüfte über seiner. Er hatte die Augen geschlossen, als wollte er jede kleinste Veränderung, die sich einstellen würde, jeden Impuls, den sich unsere Körper schenken würden, ganz auskosten. Meine Hand griff fast mechanisch nach seinem Schwanz. Sein Schaft stand prall und glänzend vor mir, doch ich kam nicht dazu, ihn mir einzuführen. Er hob mich mit seinem Oberschenkel und seinen Händen an meinen Hüften zu Seite. Schon wollte ich enttäuscht aufbegehren, als sein klares "Dreh dich um!" in mein Hirn drang. Wie bitte?
„Du hast schon richtig verstanden, dreh dich um, mit dem Rücken zu mir. Ich will dich von hinten."
Noch immer brachte ich kein Wort heraus, zu viel war in kurzer Zeit auf mich eingeprasselt. Ich wollte nicht mehr denken, wollte meine Erregung endgültig in einem angemessenen Finale explodieren lassen. Seine Aufforderung kam mir gerade recht. Es war mir egal ob er ahnen konnte, wie sehr ich es genoss, anal genommen zu werden. Er sollte es jetzt und hier einfach tun: mich um den Verstand vögeln! Ich drehte mein bemerkenswertes Hinterteil zu ihm, ließ mich auf die Ellenbogen absinken, präsentierte ihm den vollen Einblick auf meine geschwollenen, nassen Lippen und gleichzeitig meine erwartungsvolle Rosette.
Der alte Meister aber drang nicht sofort ein, obwohl auch er inzwischen am Rande seiner Beherrschung angekommen sein musste. Seine Hand strich über meinen Rücken, wanderte ruhig weiter, fuhr leicht über meine Mitte. Immer wieder glitten seine Finger die nassen Lippen entlang, ohne jedoch einzudringen,

als wollte er ganz sicher gehen, dass ich ihn wirklich willkommen heißen würde. Und wie ich wollte! Meine Gier war unbeschreiblich, jeder Strich entflammte neue Brände, mein ganzer Körper stand in Flammen und das größte Feuer loderte zwischen meinen Schenkeln. Wollte er mich sanft in den Wahnsinn treiben? Ok, er war nicht mehr der Jüngste, vielleicht verließ ihn im letzten Moment der Mut? Seine eindringenden Finger belehrten mich eines besseren, geileren Vorhabens. Waren es zwei oder drei? Bevor ich mich darauf einstellen konnte, waren sie schon wieder entzogen, nur um darauf noch tiefer, sehr viel tiefer, wieder in meine Grotte einzudringen.
„Na komm", sagte er, „dräng dich mir entgegen, zeig mir, wie scharf du bist! Hier auf dem Tisch. Na mach!"
Das musste er mir kein zweites Mal mit vor Erregung heißerer Stimme flüstern. Endgültig gab ich alle Hemmungen auf, kam ihm entgegen und wand mich lüstern unter seiner Hand. Noch intensiver wollte ich ihn spüren, wollte ausgefüllt sein, restlos. Mein aufgestelltes Bein schaffte den nötigen Platz und der Portier konnte seine Hand in mir tanzen lassen. Was er auch mit hörbarem Vergnügen tat. Seinem Mund entwichen schmutzige Aufforderungen, von denen ich immer weniger mitbekam, je heftiger er mich fingerte. Oh ja, so war ich lange nicht ran genommen worden. Ausdauernd und heftig, meisterhaft! Bestimmt schrie ich meine Lust heraus, forderte ihn auf, nicht nachzulassen, mir zu geben, wonach ich verlangte. Hier wusste der Dompteur mit seinem Raubtier umzugehen, ahnte, dass er sich keinen Fehler erlauben konnte, wenn er als Sieger vom Platz gehen wollte. Mit einem geübten Griff in meine Mähne bog er meinen Kopf zurück, ließ mich seine Kontrolle spüren, ohne dabei brutal zu sein, und verlangsamte die Bewegung seiner anderen Hand auf ein zärtliches Minimum.

Eine winzige Pause, um zu Atem zu kommen, den Bogen neu zu spannen. Ein wahrer Meister, der den Turm aus Lust, Hingabe und Wollust immer höher baute. Das Finale würde einzigartig sein, das hatte er mich immer wieder spüren lassen.
Seine Hand hatte aufgehört, meine Mitte zu erregen. Kurz darauf musste er sich das Öl von vorhin gegriffen und in seinen Händen verteilt haben, denn ich spürte es auf meinen prallen

Backen. Gekonnt knetete er mein Fleisch, näherte sich dabei immer mehr meiner Rosette, ölte auch diese ein, massierte und streichelte. Noch immer außer Atem und gierig genoss ich diese behutsamen, fast rituellen Berührungen, so dass ich mich in Ruhe entspannen und auf das Eindringen vorbereiten konnte.
Wenn ein Mann es wie dieser verstand, mich mit dem gebotenen Respekt um Einlass in meine dunkle Pforte zu bitten und das Geschenk zu schätzen wusste, dann gewährte ich manchmal diese besondere Gunst. Dass ich es selbst genoss, stand außer Frage, doch die wenigsten konnten den Wert dieses Geschenkes ermessen. Der Portier konnte es, da war ich mir ganz sicher. Seine ganze Art, mit mir zu spielen, mit Respekt und Lust, intelligent und hemmungslos, dominant auf Augenhöhe, hatte mich überzeugt, dass er es wert sein würde.
Und genauso empfing er es, drang behutsam ein, ließ mir Zeit, mich an dieses neue Ausgefülltsein zu gewöhnen. Ich brauchte nicht lange, geilen Genuss dabei zu empfinden. Bestimmt hatte er inzwischen verblüfft festgestellt, dass auch diese Höhle durchaus vor Erregung nass sein kann, hatte gespürt, wie willig ich ihn aufgenommen hatte.

Ich wollte keine weitere Etage auf seinen Turm der Lust bauen, sondern endlich das funkensprühende Finale erleben. Deshalb begann ich, meine Hüften zu bewegen, konzentrierte mich auf das Gleiten seines Schwanzes, spürte, wie sein Sack gegen meine geschwollenen Schamlippen klatschte. Er verstand mein Signal, das ich mit lustvollem Stöhnen untermauerte, und begann seinerseits, seine Zurückhaltung aufzugeben. Ich hatte seine Beherrschung bis zu diesem Zeitpunkt sowieso schon erstaunt registriert und forderte ihn unmissverständlich auf, sich ebenfalls seiner angestauten Lust zu ergeben. Was mein Mund artikulierte, entstammte nicht meiner guten Erziehung, sondern war einzig aus der unbändigen Gier geboren, die mich mit sich riss.

Das schemenhafte Bild, das ein hinter dem Buffet angebrachter Spiegel zurückwarf, fachte meine Lust zusätzlich an: ich lag fast bäuchlings auf dem großen Eichentisch, meine bloßen Brüste wippten im Takt seiner Stöße, mein aufgewühltes Haar flog in alle Richtungen. Hinter mir erkannte ich das ekstatisch verzückte Gesicht des Portiers, der beide Hände in meinen prallen Arsch gekrallt hatte und endgültig an keine weitere Unterbrechung zu denken schien, sondern jedem tiefen Stoß kurz nachfühlte, um sofort den nächsten anzusetzen. So wollte ich einen Mann hinter mir haben, genießend, ohne die Kontrolle zu verlieren, schenkend, ohne seine eigene Lust dabei einzuschränken. Ein gemeinsamer Tanz bis zum *finale furioso*, bei dem beide auf ihre Kosten kommen und atemlos dem letzten Takt lauschen. Ein Grande Dessert, bei dem auch der letzte Bissen zart auf der Zunge schmilzt, ohne ein übersättigtes Völlegefühl zu hinterlassen. Für unser Dessert hätten wir drei Michelin-Sterne erhalten.

Spielball der Lust

(1)

Wieder rann ihr ein Schweißtropfen zwischen den Brüsten entlang, bahnte sich seinen Weg über ihren Nabel und verschwand im winzigen Bikinistring. Sie lag an diesem schwülen Nachmittag auf der Designer-Sonnenliege ihrer riesigen Terrasse im Schatten der alten Bäume, die seit Generationen das parkähnliche Bild dieses Familienanwesens prägten. In der Sonne zu liegen verbot sich bei diesen für Spätsommer erstaunlich tropischen Temperaturen von selbst. Außerdem war sie sehr sorgsam im Umgang mit ihrem wichtigsten Kapital, ihrem Körper. Sie hatte einen Uni-Abschluss in Betriebswirtschaft. Doch deshalb hatte sie ihr Mann vor fast zwanzig Jahren nicht geheiratet. Darüber machte sie sich keine Illusionen. Der damals aufstrebende Immobilienmakler brauchte die Kontakte ihrer Familie und ein attraktives Aushängeschild an seiner Seite. Sie waren sich sympathisch und schlossen eine Vernunftehe. Anfangs war sie gern mit ihm ins Bett gegangen, unerfahren wie sie war. Doch als sie mehr ausprobieren wollte, blockte er ab. Sie schien den einzigen Mann auf der ganzen nördlichen Halbkugel abbekommen zu haben, der keinen leidenschaftlichen, hemmungslosen, fantasievollen Sex haben wollte.
Je weniger im Bett lief, umso heißer lief ihr Kopfkino. 'Wie wäre es wenn' war eines ihrer Spiele, wenn sie zu viel Zeit zum Alleinsein hatte. Schauspieler, Politiker, Sportler. Sie hatte schon mit den tollsten Männern den außergewöhnlichsten Sex gehabt, in ihren Fantasien. Real hatte sie sich nie getraut, einer Versuchung nachzugeben oder gar aktiv selbst eine zu suchen. Obwohl – ganz stimmte das nicht. Ihr Herzschlag beschleunigte sich bei der Erinnerung an die Jubiläumsfeier des Autohauses vor ein paar Monaten. Sie war schon wochenlang vorher in erotischer Stimmung gewesen. Als sie an diesem Abend gelangweilt in die Menge sah, fiel ihr Blick auf einen der Monteure. Wie hypnotisch angezogen starrte sie diesen Mann an.

Sie kannte ihn in Latzhosen, schließlich musste sie wegen ihres Kleinwagens ab und zu in die Werkstatt fahren. Doch als Mann war er ihr bisher nie aufgefallen. An diesem Abend, im dezenten Anzug, der seine gut definierte Figur betonte, sah sie ihn ganz anders. Der Kontrast zwischen dem ihr bekannten Bild und seiner Erscheinung auf dieser Party hätte kaum größer ausfallen können. Von unscheinbar zu attraktiv, von Durchschnitt zu aufregend sexy wandelte sich ihre Wahrnehmung. Seine widerspenstig ins Gesicht fallenden, honigfarbigen Locken verliehen ihm etwas Verwegenes und ließen ihre Gedanken in eine völlig inakzeptable Richtung wandern. Schnell wandte sie sich ab, bevor einer der Umstehenden etwas mitbekommen konnte. Sie griff häufiger zu den Sektgläsern, als sie das normalerweise tat. Nur so konnte sie vor sich selbst rechtfertigen, was ihr bis heute unerklärlich blieb. Am Buffet stand er zufällig hinter ihr, sehr dicht hinter ihr. Und sie? Griff ihm in den Schritt, einfach so! Sie fühlte sein Gemächt in ihrer Hand und als wenn das nicht schon schlimm genug war, drehte sie ihren Kopf in seine Richtung und hörte sich sagen: "Ich denke der würde passen!". Sie erwartete, dass er ihre Hand augenblicklich wegschlagen und sie empört zurückweisen würde. Stattdessen fühlte sie, wie er einen Arm besitzergreifend um ihre Taille legte, sie fest zu sich heran zog und mit der anderen Hand ihre prallen Backen knetete. Die ganze Szene hatte keine dreißig Sekunden gedauert und manchmal fragte sie sich schon, ob sie alles nur geträumt hatte. Die Erinnerung an seine Männlichkeit in ihrer Hand war jedoch so lebendig, wie es kein Traum hervorgerufen haben konnte.
Wieder zog ein Schweißtropfen seine Bahn auf ihrer Haut. Kein Finger, keine Zunge. Wie würde sich das wohl anfühlen? Wie lange wollte sie eigentlich noch warten? Bis sie keiner mehr anfassen würde? Wofür gab sie monatlich horrende Beträge in den besten Salons der Stadt aus, wenn kein Mann es so zu schätzen wusste, wie sie sich das nun schon seit Jahren wünschte? Das Auto musste in die Werkstatt, hatte ihr Gatte ihr aufgetragen. War das nicht ein Zeichen?
Sie erhob sich. Nach außen hin nur von der Sonnenliege, um zu Duschen. Innerlich, um mit Mitte vierzig endlich den Sex zu erleben, den sie sich bisher versagt hatte.

(2)

Sie hatte fast zwei Stunden gebraucht, um sich sorgfältig zu duschen, zu rasieren und zu cremen. Ihre blonden Naturlocken hatte sie locker zu einem Knoten aufgesteckt. Der Rock ihres Sommerkleides schwang im Takt ihrer Schritte, während sie zum Stellplatz des kleinen roten Flitzers ging. Zwischen den Riemchen ihrer Sandaletten leuchteten die lackierten Nägel wie Erdbeeren auf Sahneeis.

Erst als sie nach etlichen Kilometern auf dem Hof der Werkstatt angekommen war, nahm sie das Hier und Jetzt wieder voll wahr. Was tat sie? Sie, die Gattin des einflussreichen Immobilienmaklers, wollte sich dem erstbesten Autoschrauber an den Hals – und an noch ganz andere Teile - werfen? Hatte sie den Verstand verloren? Bevor sie weiter darüber nachdenken konnte, hatte er sie entdeckt. Ihre Gedanken konnte er wohl kaum lesen, deshalb erklärte sie ihm sehr bestimmt: „Ich brauche dringend etwas Kühlwasser.", und sah ihm direkt in die Augen. Er nickte in stummem Erkennen und ließ seinen Blick taxierend über ihren Körper gleiten. Die beiden geöffneten Knöpfe des Kleides zogen seinen Blick auf den Busenansatz. Etwas zögerlich drehte er sich zum Wagen und hob die Kühlerhaube an. Unter seinem Blick hatte ihre Haut zu prickeln begonnen, ihre Brüste drohten den feinen BH zu sprengen. Mutiger geworden, beugte sie sich in das Innere des Wagens, so dass er unmöglich ihren prallen Hintern und die wohlgeformten, sonnengebräunten Beine übersehen konnte. Seine Blicke schienen sie zu versengen und erzeugten gleichzeitig eine sehr willkommene Nässe zwischen ihren Schenkeln. Sie hörte wie er aufstöhnte und den Lehrling, der unweit entfernt stand und sie ebenfalls anblickte, „Was für eine Granate!" sagen. Der Meister ranzte den Jüngling an, der erschrocken davon eilte. Noch ganz trunken von ihrem schnellen Erfolg angelte sie ihre Sonnenbrille vom Armaturenbrett und setzte sich diese wie Audrey Hepburn in "Frühstück bei Tiffanys" auf. Über den Rand der Brille sah sie ihn an. „Du erinnerst dich an den Abend auf dem Fest.", sagte sie leise, „Heute ist es soweit. Lass dir etwas einfallen!".

Er kniff die Augen zusammen. In seinem Gesicht las sie erst Überraschung, dann Verstehen und zum Schluss offensichtlich eine Idee. Sie begab sich mit lasziven Bewegungen auf den Fahrersitz und schenkte ihm einen Blick zwischen ihre Schenkel.

Die hatte vielleicht Nerven! Als sie letztens plötzlich seine Kronjuwelen angegrapscht hatte, hatte er das dem Alkohol zugeschrieben und nur mit Mühe dem Impuls widerstanden, sie in die Werkstatt zu schleifen und auf dem nächstbesten Rücksitz zu vögeln. Heute kreuzte die verwöhnte Lady doch tatsächlich hier auf und bettelte genau darum! War sie es gewohnt, so mit Männern umzuspringen? Gut sah sie aus, Titten und Arsch ordentlich gerundet, wie er es mochte. Sie war keines dieser klapperdürren Modepüppchen, die sich zu Hauf auf den öffentlichen Veranstaltungen so verzweifelt uninteressiert in Pose warfen. Das Abenteuer reizte ihn, doch würde er nicht ihr Toyboy sein, der auf einen Pfiff hin unterwürfig angekrochen käme.

Er schlug die Motorhaube zu und reichte ihr eine Visitenkarte der Werkstatt. „Hier, für alle Fälle, man weiß ja nie." Dabei sah er ihr in die Augen, als wollte er ihr stumm etwas mitteilen. Dann drehte er sich um und ging, um sich zu duschen. In höchstens zwanzig Minuten würde sein Telefon klingeln. Bis dahin musste er auch noch mit seinem Kumpel gesprochen haben.

Sie startete den Wagen und rollte vom Hof. Außerhalb der Ortschaft säumten Robinien den Wald, durch den die Landstraße in stetem Auf und Ab führte. Wie sollte es weitergehen? Hatte er sie richtig verstanden, war ihm klar, was sie von ihm wollte? Sie drosselte das Tempo als sie merkte, wie aufgewühlt sie war. Mehrfach prüfte sie im Rückspiegel, ob er ihr folgen würde, konnte aber keinen der Werkstattwagen entdecken. Es begann zu dämmern. Sie kannte diese Strecke von den Fahrten, die sie wegen der ständigen Macken ihres Wagens schon unternommen hatte. Es war wenig los um diese Zeit. Eigentlich hätten Abgeschiedenheit und Abendstimmung eine beruhigende Wirkung ausüben sollen. Stattdessen war sie angespannt und aufgeregt. Was würde er unternehmen? Ihre Unruhe wuchs, als sich plötzlich der Klang ihres Wagens veränderte. Die Leistung ließ merklich nach. Erschrocken hielt sie nach einer Parkmöglichkeit Ausschau, konnte sich jedoch nicht erinnern, jemals einen Parkplatz wahrgenommen zu haben. Der Wagen wurde immer langsamer. Etwa hundert Meter weiter vorn erkannte sie einen Waldweg. Sie bog von der Landstraße ab und rollte mit letztem Schwung ein paar Meter in den Wald hinein. "Na toll! Und jetzt?", dachte sie, bis ihr die Visitenkarte und sein Blick einfielen. Hatte er das so geplant? Lächelnd nahm sie die Karte und ihr Handy und stieg aus. Ohne lange zu überlegen tippte sie die Telefonnummer ein.

Er war nach dem zweiten Klingeln am anderen Ende der Leitung und fragte nur: "Wo?".

Sie beschrieb ihm die Stelle, die er zu kennen schien. Als sie nach den längsten zwanzig Minuten ihres Lebens endlich ein Fahrzeug hörte, war sie ein geiles Nervenbündel.

Schon von weitem sah er sie an die Kühlerhaube gelehnt stehen. „Perfekt, nicht zu weit versteckt im Wald.", lachte er in sich hinein. Langsam ließ er seinen Wagen hinter ihrem ausrollen. Mit weit ausholenden Schritten kam er auf sie zu und blieb ganz dicht vor ihr stehen. Seine Augen fixierten ihren Blick. Er lächelte spöttisch.

"Weshalb heute der KfZ-Monteur? Waren Postbote, Poolmeister und Tennislehrer ausgebucht?" Bevor sie diese Unverschämtheit beantworten konnte, machte er ihr mit einem Satz klar, dass er nicht das Spielzeug sein würde, das sie sich vielleicht vorgestellt hatte.

„Du kannst jetzt sofort abbrechen - oder die Hände auf die Motorhaube legen, Süße."

Wie er es erwartet hatte, dreht sie sich wortlos um, beugte den Oberkörper nach vorn. Sie streckte ihm den herrlichen Arsch entgegen und stützte sich mit den Händen auf dem roten Lack ab. „Was für ein Früchtchen, von wegen Lady", dachte er grinsend und trat noch einen Schritt näher. Er drückte sein Becken an ihre Backen und legte seine schwieligen Hände auf ihre Hüften.

„Mach die Beine auseinander!", raunte er dicht an ihrem Hals. Zögerlich kam sie seiner Aufforderung nach. Er ließ eine Hand über die Rundung nach unten wandern, bis zwischen ihre Schenkel.
„Du hast keinen Slip an. Ob das dein Mann weiß!"
„Nein.", hauchte sie, während er ungebremst einen Finger in sie tauchte.
„Es macht dich an, dich von einem Fremden ficken zu lassen?"
„Ob fremd oder nicht, Hauptsache ich habe endlich Sex.", brach es aus ihr heraus.
„Sexy, geil und gierig also. Warum überrascht mich das nicht?" Seine andere Hand knetete inzwischen eine ihrer vollen Titten, die er mühelos aus dem Kleid geschält hatte.
„Du willst also mal richtig durchgevögelt werden?"
Seine Stimme war rau vor Erregung, seine Hand umschloss ihre Brust alles andere als zärtlich und was er in ihrer Lustgrotte veranstaltete, ließ sie immer feuchter werden. Es erregte sie unglaublich. Alles. Sein direkter Zugriff, seine Art mit ihr zu reden, sein harter Schwanz, den sie durch seine Jeans an ihrem Po spüren konnte, sogar dass sie Gefahr liefen, von Vorbeifahrenden entdeckt zu werden.
„Ja, das will ich."
„Oh nein, so kommst du nicht davon." Er hatte es geahnt, dass sie die bösen Worte nicht würde aussprechen wollen. Doch für das, was er mit ihr vorhatte, musste sie möglichst alle Hemmungen ablegen.
„Hörst du, wie nass du bist?" Genüsslich schob er erst zwei, dann drei Finger in sie, rotierte und fickte sie, dass es schmatzte. Ihr Atem ging immer schneller und sie drückte ihm ihr Becken verlangend entgegen. Bald hatte er sie soweit, dass sie auf seinen Fingern tanzen würde, doch er stoppte und zog sich aus ihr zurück.
„Was möchtest du jetzt?", fragte er scheinheilig.
„Mach weiter, bitte!", flehte sie.
„Was genau soll ich machen, hm? Sag es mir, Süße!"
„Ich möchte bitte, dass du …" Weiter kam sie nicht.
„Du willst, dass ich dich ficke?"
„Ja."

„Dann sag es: fick mich!" Langsam strich er ihre Schamlippen entlang, achtete aber darauf, nicht in sie einzudringen. Manchmal verteilte er die Nässe wie zufällig über ihren Kitzler. Sie zuckte unter ihm und rieb ihren Hintern an seinem strammen Schaft, doch er gab nicht nach.

„Wenn du mir nicht sagst was du willst, kann ich es dir nicht so besorgen, wie du es dir wünschst.", seufzte er theatralisch und fuhr wieder nur leicht durch das nasse Tal. Oben zwirbelte er ihren steifen Nippel und leckte am äußeren Rand ihrer Ohrmuschel entlang. Er merkte sehr wohl, welche Stromstöße er damit durch ihren Körper jagte und lachte in ihrem Nacken. „Stell dir vor, welches Bild du abgibst! Deine Titten hängen aus dem Kleid, die Hand eines Fremden streicht durch deine klitschnasse Fotze und du würdest alles tun, damit ich dich endlich erlöse." Ganz langsam schob er einen einzigen Finger in sie und verharrte.

„Zwei kleine Worte nur, Süße. Sag es!"

„FICK MICH!", presste sie schluchzend heraus. „Fick mich, bitte, ich halte das nicht mehr aus!"

Der Anfang war gemacht, doch das reichte ihm nicht. Quälend langsam bewegte er diesen einen Finger heraus und wieder herein, gerade so, dass ihre Lust nicht abebbte.

„Das war doch gar nicht so schwer, oder?"

Er nahm den zweiten Finger wieder dazu, blieb aber bei dem enervierenden Tempo. Auch ihn erregte dieses Spiel. Sein Schwanz war knüppelhart und drückte schmerzhaft gegen sein Gefängnis. Es blieb ihm keine Wahl, er musste sich Erleichterung verschaffen. Mit einem letzten Streicheln verabschiedete er sich von der warmen, weichen Birne, die schwer in seiner Hand lag, und öffnete seine Hose. Sein Schwengel klatschte, froh über die gewonnene Freiheit, freudig gegen den herrlichen Hintern und suchte sich seinen Weg in die aufregende Furche in dessen Mitte.

Es war zum Verrücktwerden. Sie hatte sie ausgesprochen, diese schmutzigen Worte herausgeschrien, ihm vor die Füße geknallt. Weshalb nahm er sie nicht endlich? Sie spürte seinen Schwanz zwischen ihren Arschbacken ruhen und sehnte ihn noch viel tiefer. Sollte sie betteln? Inzwischen war es ihr fast egal, wenn er sie nur endlich erlösen würde.

„Gib mir deinen Schwanz, fick mich endlich, du Schuft!"

„Ja, Süße, ich werde dich ficken.", hörte sie ihn schon wieder lachen. Doch er tat nichts. Sie stellte sich in der Hoffnung, sein bestes Stück würde sich besser platzieren, auf die Zehenspitzen.

Wieder sein Lachen: „Gut gedacht, raffiniertes Luder. Wo willst du ihn denn haben?"

War er doof? Wohin wollte eine Frau wohl einen schönen, harten Schwanz haben wollen?

„Da wo er hingehört. Steck ihn rein und leg los!"

„Wo hinein?", fragte er schelmisch.

„Na in …"

„Ich will es hören. Nicht Mumu, nicht Schnecke und schon gar nicht Vagina. Fotze. Sag es! F.O.T.Z.E. Fotze."

Sie kaute auf diesem Wort herum, als sei es Schuhsohle. Fo … Noch nie hatte sie es ausgesprochen, es war ihr immer zu vulgär gewesen. Aber sie wollte endlich diesen herrlichen Schwanz haben.

„Fotze.", sagte sie so leise, dass er es kaum hören konnte. Sie war erleichtert, es war heraus. Sie fühlte, wie der seidige Freudenspender durch ihre nassen Schamlippen fuhr und hörte ihn.

„Ich verstehe dich nicht. Was hast du gesagt?"

Sein Schwanz rutschte zwischen ihren Schenkeln vor und zurück, doch noch immer drang er nicht ein. Beide Hände lagen auf ihren Hüften, als müsse er sich abstützen, um nicht die Beherrschung zu verlieren. Sie war am Ende ihrer Geduld.

„FOTZE. FICK MICH IN MEINE FOTZE!"

„Oh ja, Baby, genau das werde ich jetzt tun!" Mit einem einzigen Stoß drang er in sie ein, fühlte die warme, feuchte Enge, genoss das umschlossen Sein und seinen Triumpf. Langsam begann er sich zu bewegen.

„Streichle dich, so wie es dir gut tut. Fass dich an, trau dich, Süße!" Er variierte seinen Rhythmus bis er merkte, dass sie auf ihren Höhepunkt zusteuerte, behielt ihn bei und genoss, wie sie kam. Er hörte ihr Keuchen, ihr Innerstes zog sich um ihn zusammen. Immer schneller stieß er zu, bis auch er explodierte.

Erst nach einiger Zeit kamen sie wieder zu sich. Sie lag mit ihrem entblößten Oberkörper auf der Kühlerhaube, die Beine weit gespreizt, den Rock so hochgeschoben, dass ihr Hintern frei lag. Er ruhte ausgestreckt auf ihrem Rücken. Die Hosen bis zu den Füßen heruntergelassen, steckte sein inzwischen erschlaffter Schwanz noch immer in ihr.

(3)

Fast gleichzeitig bemerkten sie das Fahrzeug, dessen Scheinwerfer sie erfasst hatte und nun langsamer wurde. Sie wollte sich aufrichten. Mit seiner Kraft hielt er sie mühelos unten.
„Bleib wie du bist, wir schaffen es nicht mehr, uns herzurichten, vielleicht fährt er ja vorbei.", flüsterte er ihr zu und beglückwünschte sich zu seinem eigenen Timing.

Entsetzt sah sie, wie der Wagen am Waldrand hielt und jemand ausstieg. Es waren nur wenige Meter und die Situation so eindeutig, dass sie sich wünschte, unsichtbar zu sein. Noch schlimmer wurde es, als der Fremde zu sprechen begann.
„Hey, Mick, hast du ein Problem?"
Das durfte doch nicht wahr sein?! Der Andere kannte den Mann, auf den sie sich so leichtsinnig eingelassen hatte. Flüchtig registrierte sie kräftige, aber nicht überproportionale Muskeln unter einem straff sitzenden Shirt, enganliegenden Jeans und einen sehr kurzen Haarschnitt.
„Nein Tobi, alles in Ordnung. Nur dass du störst."
Sie konnte nicht sehen, wie Mick Tobi zuzwinkerte. Leider hatte das mit dem sich in Luft auflösen nicht geklappt. Dafür fühlte sie erstaunt, wie der kleine Mick wieder in ihr wuchs.
„Oh, sorry, ich dachte ihr steckt in Schwierigkeiten und wollte nur helfen. Nichts für ungut."
Statt sich zu entfernen und ihnen den letzten Rest Würde zu lassen, kam Tobi gemein grinsend noch etwas näher, als wollte er auch ganz genau erkennen, wen sein Freund da auf seiner Lanze hatte. Beten half auch nichts, wie sie an den nächsten Worten erkennen musste, während Mick sich tief in sie drückte. Es war verrückt, aber irgendwie machte auch sie die Situation an.
„Ist das nicht die Frau vom Immobilienmakler mit dem großen Anwesen? Du kannst Weiber haben, Mick!"
Langsam zog sich Mick etwas zurück, nur um gleichzeitig mit seiner Antwort: „Verpiss dich, Tobi!" wieder heftig zuzustoßen. Sie hatte Mühe, ein geiles Stöhnen zu unterdrücken. Tobi

dachte gar nicht an Rückzug, sondern nickte nur bedächtig und versuchte, ihr auf die Titten zu starren.
„Weißt du, Mick, ich erinnere mich da an eine Sache …" Verschlagen hob Tobi seinen Blick zu Mick, dessen Reaktion sie noch immer nicht sehen konnte, weil er sie weiterhin mit winzigen Bewegungen auf die Kühlerhaube drückte, die sie schon wieder fast zum Höhepunkt brachten.
„Bist du verrückt geworden?", hörte sie ihn nur. „Das kann doch nicht dein Ernst sein, Tobi. Lass den Scheiß!"
Tobi drehte sich endlich um und ging zu seinem Wagen. Bevor er einstieg rief er noch: "Wir drei, oder du fliegst auf. Du hast die Wahl, Mick."
Die Tür schlug zu und mit quietschenden Reifen fuhr Tobi davon. Mick verlor jegliche Kontrolle über seine Stöße und nagelte sie hart auf der Autohaube, bis beide fast gleichzeitig zum Orgasmus kamen.

Endlich konnte sie aufstehen, ihre zitternden Beine unter Kontrolle und ihre Kleidung in Ordnung bringen. Mick war auffallend still. Sie ging zu ihrer Autotür, ohne ein Wort zu sagen und unschlüssig, ob sie einfach so davonfahren sollte, als er hinter ihr her stolperte und sie sanft in seine Arme zog.
„Es tut mir leid, was da passiert ist. Es war so geil mit dir!", grinste er wie ein Teenager, der genau wusste, dass er etwas ausgefressen hatte und küsste sie. Oh Mann, der konnte küssen! Sanft strichen seine Lippen über ihre, warteten, dass sie sich öffnete und fallen ließ. Vom Mund wanderte er über ihren Hals bis zur dieser gewissen Stelle unter ihrem Ohr. Schon wurden ihre Nippel wieder hart.
„Ich würde es gern wieder gut machen. Ich würde es dir gern wieder gut machen!", versprach er mit vibrierender Stimme genau an dieser Stelle, als wüsste er, dass er sie damit erregte.
Sie musste lachen, die Anspannung dieser seltsamen Begegnung löste sich auf, doch hatte sie nicht vergessen, wie Tobi Mick gedroht hatte.
„Was meinte er damit? Bist du … sind wir in Schwierigkeiten?", fragte sie deshalb.

Halbherzig wiegelte er ab: "Nein, das bringe ich schon wieder in Ordnung. Er wollte ... ach, ist nicht so wichtig, mach dir keine Gedanken."
Die machte sie sich natürlich nun erst recht und hakte nach. Langsam löste er sich von ihr und öffnete die Motorhaube, bevor er mit der Bedeutung der Drohung herausrückte, während er irgendetwas zusammensteckte.
„Tobi ist schon lange scharf auf dich und wir haben mal vor einiger Zeit einen Dreier mit einer seiner Flammen gemacht. Damals habe ich versprochen, naja, dass er auch mal mit einer meiner Frauen darf." Mick schlug die Motohaube wieder herunter und trat zerknirscht von einem Bein auf's andere.
„Ich bekomme das hin, wie gesagt, mach dir keine Gedanken."
Sie konnte diese Nachricht nicht einordnen, brauchte einen klaren Kopf und musste dazu allein sein. Außerdem wurde es wirklich Zeit, nach Hause zu kommen, bevor ihr jemand Fragen stellen würde, die sie nicht beantworten wollte. Sie verabschiedeten sich und fuhren in entgegengesetzte Richtungen in die Nacht.

Von dem Telefonat zwischen den beiden Männern ahnte sie nichts.
„Hat sie es geschluckt?"
„Noch hat sie nicht geschluckt.", lachte der andere. „Du warst großartig! *Du hast die Wahl, Mick.* Wie in einem abgedroschenen Krimi. Ich bin sicher, dass es klappt."

(4)

Schweißgebadet wachte sie auf. War die Hitze der Sommernacht die Ursache dafür oder der erotische Film, der in ihrem Kopf abgelaufen war? Sie hatte geträumt, von Händen, Mündern, Berührungen und unendlicher Lust. Konnte so etwas real sein, würde sie so etwas jemals erleben? Sie hing den Bildern und Gefühlen nach.
Undeutlich drangen Geräusche zu ihr herauf. Zuerst ein Flüstern und Kichern, ein Quieken, dann das Planschen von Wasser. Sie stand auf und lief auf dem hellen Streifen, den der Vollmond durch die Spitzengardinen schickte, auf den Balkon hinaus. Eine Frau und ein Mann vergnügten sich im Pool. Das musste das junge Pärchen sein, das vor ein paar Wochen die Pflege der Grünanlagen übernommen hatte. Durch das silbrige Mondlicht bekam die Szene etwas Unwirkliches, als ob sich alles auf einer Theaterbühne abspielte. Die zierliche Frau, Therese, schwamm mit ruhigen Zügen, Paul, ihr Mann, beobachtete sie eine Weile vom Rand aus. Dann tauchte er lautlos ab, schwamm auf Therese zu, unter ihr hindurch und durchbrach kurz hinter ihr wieder die Wasseroberfläche. Die stille Beobachterin hatte eine Reaktion des Erschreckens erwarte, doch nichts dergleichen passierte. Vielmehr tauchte jetzt Therese, schwamm im weiten Kreis um Paul herum, bis auch sie am Ende auf ihn zu und langsam wieder an die Oberfläche kam. Es sah aus wie ein tänzerisches Ritual, wenn einer der beiden nackten Körper vollkommen im nassen Element versank, sich schwebend zum anderen hin bewegte, ihn umwarb und nur wegen des Sauerstoffmangels wieder auftauchen musste. Dabei wurden die Linien und Kreise immer enger, als zogen sich die beiden gegenseitig an. Irgendwann verschmolzen beide Körper für kurze Zeit zu einem einzigen Wesen aus perlender Haut. Sie trennten sich danach nur so weit wie es nötig war, um gemeinsam an den Beckenrand zu schwimmen. Paul stütze sich auf die Hände, holte Schwung und stemmte sich nach oben. Wie flüssiges Metall suchte sich das ablaufende Wasser seinen Weg durch die Muskellandschaft von den Schultern über den knackigen Hintern bis zu den kräftigen Waden. Therese war

indessen über die kleine Treppe aus dem Pool gestiegen und trippelte auf Zehenspitzen auf ihren Mann zu, der sie mit offenen Armen umfing. Sie küssten sich lange und zärtlich, nahmen sich an den Händen und verschwanden zum Bedauern der heimlichen Zeugin.

Sie hatte diese Sommernacht wieder ganz für sich allein. Der Nachtwind spielte mit ihrem Seidennegligé. Es fühlte sich ein bisschen an wie die Hände, die sie in ihrem Traum berührt hatten, aber nur ein bisschen. Die Seide vermochte nicht die intensiven Gefühle auszulösen, die sie so erregt hatten aufwachen lassen. Wieder verlor sie sich in den Erinnerung an die Gier und die Lust, die in ihrem Kopf entstanden waren. War es Zufall, dass dieser Tobi heute aufgetaucht war, oder war es wieder eine der Gelegenheiten, die ihr wie Sterne ins Hemdchen fielen? Sie zog sich in ihr Reich zurück und überlegte noch im Einschlafen, ob sie zugreifen sollte.

(5)

Dem Spätsommer war ein kühler Herbstanfang gefolgt. Seit drei Wochen trafen sie sich regelmäßig in einem Landgasthof, der Montag war ihr Tag geworden. Jedes Mal probierten sie etwas Neues aus und das Vertrauen ineinander wuchs.
Als Mick nach der heutigen heißen Begegnung aus der Dusche kam, lag sie noch immer in den Laken.
„Ist die Lady noch nicht satt?", fragte er schmunzelnd, trat zu ihr ans Bett und ließ das Handtuch von seinen Hüften gleiten. Bevor er entdeckte, wie ausgehungert und lernbegierig sie war, hatte er nicht vor, eine Daueraffäre daraus zu machen. Nachdem sie ihre Schutzhülle einmal abgestreift hatte, war sie eine tabulose Gespielin geworden. Fast bereute er, Tobi von der Sache erzählt zu haben.
„Doch, schon.", antwortet sie lachend, aber nicht wirklich überzeugend und öffnete einladend ihre Schenkel.
„Oha! Ist da etwa ein Vulkan ausgebrochen, der nicht mehr aufhört zu brodeln?"
„Kann schon sein", seufzte sie, während sie sich über die Innenseiten ihrer Oberschenkel strich, „ich habe so viel verpasst."
Es war sehr verlockend, wie sie sich darbot. Mick drehte sie so, dass ihre Füße an der Matratzenkante standen. Er kniete sich davor und begann sie zu lecken.
„An was genau denkst du jetzt gerade, was möchtest du erleben?".
„Mick!", stöhnte sie, schon wieder in ihrer Lust gefangen. Er spielte mit ihr, nahm ein, zwei Finger dazu, verteilte die Nässe, strich durch die feinen Hautfalten und über den vorwitzigen Kitzler, und drang mühelos in sie ein. Er massierte schneller, bis sie begann, sich unter ihm zu winden. Noch einmal versenkte er seine Lanze in ihr, noch einmal versuchte er, das Tempo zu verlangsamen, um ihr Zeit zu lassen, noch einmal massierte er mit seinem Daumen ihre empfindlichste Stelle. Als sie sich laut stöhnend aufbäumte, ließ er sich gehen und genoss das Prickeln, das sich ausbreitete.

Langsam öffnete sie die Tür zum Bad, drehte sich zu ihm und antwortete auf seine Frage von vorhin: „Es macht mir richtig Spaß mit dir, Mick, deshalb versteh das jetzt bitte nicht falsch." Sie schaute auf den Boden und stoppte, als wollten die Worte nicht über ihre Lippen kommen.

Mick war gespannt, was in ihrem Kopf vorging, wollte wissen, welche Fantasien sie hatte. „Hey, es ist alles gut. Trau dich! Was wünschst du dir?"

„Ich wünsche mir einen Dreier. Mit einem zweiten Mann." Sie hob den Kopf und schaute ihn an. „Ich möchte nach allen Regeln der Kunst verwöhnt werden, alles ausprobieren, was zu dritt möglich ist, bis ich nicht mehr kann." Sie grinste und schloss die Tür hinter sich.

Bingo! Mick wusste nicht so recht, ob er eher eifersüchtig oder erleichtert sein sollte. Einerseits gab sie ihm damit die Steilvorlage für das, was er von Anfang an vorhatte, andererseits wollte er sie nicht mehr teilen.

Sie ließ das warme Wasser über ihren Körper laufen, der an manchen Stellen Spuren der letzten Stunden trug. Ob er geschockt war, der potente Mick? Würde er ihren Wunsch aus verletztem männlichem Stolz ablehnen? Sie wünschte es sich anders. Immer wieder kam sie nachts auf diese Fantasie zurück, sah sich von zwei Männern verführt, nackt auf dem einen reitend, während der andere …

Mick klopfte an die Tür. „Süße, hör auf zu träumen und denk an die Zeit. Du musst los."

Leider hatte er Recht. Sie drehte den warmen Strahl ab und schlang sich das weiche Handtuch um den Körper. Mick wollte ihr sicher wieder beim Ankleiden zuschauen, eine seltsame Macke, über die sie sich nicht den Kopf zerbrach.

Während sie, einen Fuß auf den Ledersessel gestützt, die Halterlosen überstreifte, versuchte sie Micks Stimmung zu erkunden: „Bist du sauer?"

Er saß, typisch Macho, mit weit geöffneten Beinen in seinen Jeans im Sessel und grinste, als wenn er etwas aushecke.

„Nein, Quatsch, warum sollte ich? Bist du dir ganz sicher, dass du das willst?"

„Ja, bin ich. Lädst du Tobi ein?"

„Kannst du dir das mit ihm vorstellen?"
„Ist er so gut gebaut wie du? Ich meine, hat er einen ordentlichen Schaft?"
Er zog eine Augenbraue hoch, eine Geste, die sie jedes Mal zum Lachen brachte, weil sie sie an die Mimik einer Zeichentrickfigur erinnerte.
„Hmhm, die Lady ist also auf den Geschmack gekommen."
„Stimmt. Das bin ich wirklich. Nichts geht über einen schönen, großen Schwanz und einen Mann dran, der damit umgehen kann."
Mick lächelte, während er aufstand, seine Schlüssel nahm, die freie Hand auf ihre Hüfte legte und sie sanft zur Tür dirigierte.
„Du wirst keinen Grund zur Klage haben, versprochen."
„Bis nächsten Montag?"
„Bis nächsten Montag. Du kommst ohne BH und ohne Slip, trägst nur High Heels, halterlose Netzstrümpfe und darüber einen Pelzmantel. Und dein Parfüm."

Dieses Mal erahnte sie das Telefonat.
„Hast du Zeit auf ein Bier?"
„Klar doch. Ich vermute, du hast Neuigkeiten?"
„Halte dir den nächsten Montagabend frei."
„Mache ich, bis gleich, Mick."

(6)

Zum Glück hatte er an diverse Verlängerungskabel und Verteilersteckdosen gedacht. Mick lag auf dem Bauch und fädelte das Kabel hinter den Schrank, Tobi nahm das lose Ende und führte es nach oben auf den Schrank. Geschafft! Eine der Minikameras war mit dem Rahmen des Gemäldes über dem Kopfende des Bettes verschmolzen, die zweite steckte in der Blumendekoration und wurde durch die Weinflaschen verdeckt und die dritte sollte alles aus der Perspektive der Deckenbeleuchtung aufnehmen.

Während Tobi duschen ging, suchte Mick die passende Musik auf seinem ipad. Er wechselte von T-Shirt zu Hemd, zündete die Teelichter an und löschte die Deckenlampe. Alle Requisiten lagen bereit, die Bühne war beleuchtet, nur die Hauptdarstellerin fehlte noch. Ihm war nicht ganz wohl bei der Sache, doch er wischte die Bedenken beiseite, als er an seinen Traum dachte. Er würde das Geld mit ehrlicher Arbeit nie zusammenbekommen. Solch eine Goldgrube wie diese Lady würde ihm wohl kaum noch einmal über den Weg laufen. Gefühle waren überflüssig, wenn er es endlich zu etwas bringen wollte.

Ein Klopfen unterbrach seine Gedanken, dann ging die Tür auf und sie trat ein. Ihr Lächeln verriet Aufregung, Schüchternheit und Vorfreude zugleich. Ob sie schon feucht war, unter diesem sündigen Pelz? Das würde er gleich prüfen. Er trat hinter sie und legte ihr die Augenbinde um. Das Schwarz ergab einen schönen Kontrast zu ihren blonden Haaren.

„Hey, ich will doch sehen, was ihr macht!", protestierte sie und versuchte, sich die Verdunkelung herunterreißen.

Mick fing ihre Hände ab. „Genieß es einfach, meine geile Stute!", schnurrte er nah an ihrem Hals, bevor er ihr den Mantel abnahm und auf einen der Sessel legte. „Du wirst sehen, später. Jetzt mach dich locker!" Er hielt ihr ein Glas Wein an die Lippen: „Auf einen besonderen Abend!"

Sie hatte seine Anweisungen befolgt und auf ihre eigene Weise ergänzt. Eine schwere, lange Perlenkette schlängelte sich unter den honigfarbenen Locken von ihrem Hals durch das Tal zwischen ihren vollen Brüsten bis zu ihrem Venushügel. Mick war

kein Kenner, aber das Ding sah echt aus. Ihr verlieh es gemeinsam mit den halterlosen Netzstrümpfen eine Aura von verruchter Eleganz. Ein Kostümbildner hätte es nicht besser machen können. Für das was sie vorhatten, war es perfekt.
Tobi kam nackt aus dem Bad und hob anerkennend den Daumen.
Sie roch den anderen, der sehr nah vor ihr stand. Sandelholz und Minze, frisch und männlich. Zwei warme Hände schlossen sich um ihre Brüste, wogen und streichelten, strichen mit den Fingerspitzen am äußeren Rand entlang. Erste Schauer der Erregung liefen durch ihren Körper und ließen ihre Nippel steif werden. Mick stand wieder hinter ihr, seine Hände glitten von ihren Schultern über den Rücken und die Taille zu ihrem Hintern. Die Männer heizten sie gekonnt an, kneteten, knabberten, leckten, streichelten. Offensichtlich bewegten sie sich um sie herum, denn sie konnte nicht mehr unterscheiden, welche Hand und welcher Mund sie gerade bespielte. Das war auch völlig unwichtig. Sie konnte sich hingeben, fallen lassen und genießen. Eine Hand stahl sich zwischen ihre Schenkel und badete in ihrer Nässe. Der andere der Männer stand hinter ihr und zog sie zu sich heran. Er beschäftigte sich wieder mit ihren Brüsten und knabberte gleichzeitig an ihrer Halsbeuge. Die Hand in ihrem Schritt forderte sie auf, ihre Schenkel zu öffnen und wurde von einer frechen Zunge abgelöst. Zunächst tastete sie sich vorsichtig voran, erkundete das schlüpfrige Terrain, erforschte die großen und kleinen weichen Lippen. Dann wurde sie mutiger und zugleich zielstrebiger, bis sie die Quelle all der Nässe fand und eindrang.
Tobi kostete sie, nahm ihren Saft auf und verteilte ihn über das gesamte Spielfeld. Ihre Beine begannen zu zittern, ob vor Lust oder Anstrengung konnte er nicht sagen. Es war der passende Zeitpunkt, sie in den Fokus der beiden anderen Kameras zu rücken. Er stand auf, nahm sie bei den Händen und führte sie zum Bett. Der Druck seiner Hände wies sie an, sich zu setzen. Nachdem er ihr den Sichtschutz abgenommen hatte, war das Erste, was sie sah, sein halbsteifer Kolben. Sie leckte sich unbewusst über die Lippen. Tobi bedeutete ihr, sich nach hinten zu legen, die Beine aber über die Kante abgewinkelt zu lassen und sie weit zu öffnen. Nass und bereit lag sie vor ihm.

Mick begab sich auf das Bett. Er kniete sich neben den Kopf der Lady, deren hohe Atemfrequenz ihre Erregung verriet, und forderte sie auf, sich dem gar nicht mehr so kleinen Mick zu widmen. Während sie gekonnt mit ihrem Mund seinem besten Stück zu weiterem Wachstum verhalf, griff ihr Tobi unter die Knie und drang langsam in sie ein.
Wow, war diese Möse schön eng! Tobi hatte die Augen geschlossen. Langsam stieß er immer tiefer, bis er zum Anschlag in ihr steckte, und drängte sich noch näher heran. Er hielt inne und legte seine Hand auf ihren Venushügel. Mit dem Daumen begann er, ihre Klit zu massieren. Die Wirkung spürte er sofort an seinem Schwanz. Die ihn umschließenden, lebendigen Wände wurden mal weicher, mal enger. Manchmal zuckten sie. Er sah, wie Mick ihre Titten bespielte. Auch die Wirkung dieser Behandlung konnte er an seinem Schaft spüren. Die Intervalle wurden kürzer, ihr Schnaufen an Micks Schwanz lauter. Tobi ließ seinen Daumen weiter über die Klit kreisen, bis sie sich zum ersten Mal aufbäumte, ihn noch weiter aufnahm und endlich ihren Höhepunkt herausschrie.
So schnell war sie noch nie gekommen und fast bedauerte sie, dass die erste Erregung abzuebben schien. Doch die beiden verstanden es, ihr neue Lust zu bereiten. Tobi hatte mit Mick getauscht, saß mit gespreizten Schenkeln auf ihrer Brust und fickte sie in den Mund. Sein großer Schwanz drohte fast, sie zu ersticken. Speichel lief ihr an den Wangen herab, was Tobi zusammen mit den Würgegeräuschen noch mehr anmachte.
Mick hatte den Platz am Bettende eingenommen und begann, sie zu lecken. Dabei bezog er ihren Damm und ihren Anus mit ein. Sie hatte die Füße auf die Matratze gestellt und er knetete zusätzlich ihre Backen. Ihr gesamter Unterköper befand sich in Aufruhr, war empfindlicher und dehnbarer geworden. Mick befeuchtete seine Finger mit ihrem Saft, strich immer wieder die ganze Länge von Klit bis Rosette und massierte diese besondere Öffnung, die noch nie für erotische Spiele genutzt worden war.
Es war ein angenehmes Kitzeln, das sie bisher fühlte. Sie konzentrierte sich darauf, sich zu entspannen, soweit es Tobis Schwanz in ihrem Mund zuließ. Der hatte seine Frequenz erhöht und bemühte sich, nicht zu tief einzudringen, um sie nicht

im Eifer des Gefechts zu verletzen. Als er merkte wie seine Säfte unweigerlich aufstiegen, zog er seinen Schaft aus ihrem Mund und wichste, bis seine Sahne auf ihr Dekolleté spritzte. Dann stieg er von ihrer Brust und drehte sich zu Mick.

„Leck sie!", forderte der ihn auf, „ich bereite sie vor."

Tobi wusste, was Mick meinte, und kam seiner Ansage nach. Fast Kopf an Kopf arbeiteten die beiden Männer, was ihnen Gelegenheit gab, sich kurz abzustimmen.

„Gönn´ ihr keine Pause, sie soll zum Schluss richtig fertig sein, ein durchgeficktes Eichhörnchen!"

„Ich weiß Bescheid. Mit der geilen Braut macht es sogar richtig Spaß."

Es war nicht zu überhören, dass auch sie ihren Spaß hatte. Sie stöhnte, gurrte und seufzte. Ein kleiner Schrei entfuhr ihr, als Mick ihre Rosette penetrierte. Er ließ ihr Zeit, sich auf das ungewohnte Gefühl einzustellen, in dieser Öffnung ausgefüllt zu werden. Mit kurzen Bewegungen fuhr sein Finger ein und aus und testete ihre Reaktion, während Tobi sie mit der Zunge vorwärts trieb. Andere Finger suchten sich ihren Weg, teilten ihre Schamlippen und rutschen auf der feuchten Spur in ihr Innerstes. Gleichzeitig an drei Stellen gereizt, dauerte es nicht lange, bis die Wellen wieder über ihr zusammenschlugen.

Die Männer nickten einander zu und legten sich auf beiden Seiten ganz eng neben sie. Tobi positionierte einen Oberschenkel entspannt auf ihrem, Mick schob seinen Arm unter ihren Nacken. Sie fühlte sich geborgen und hatte doch kaum Zeit, um zu Atem zu kommen. Wieder strichen Hände über ihre inzwischen hochsensible Haut und suchten gezielt nach allen möglichen erogenen Punkten. Zwei steife Schwänze rieben sich an ihren Hüften, als wollten sie sagen: „Nun mach schon, willst du uns nicht endlich benutzen?" Doch, natürlich wollte sie!

Tobi zog sie auf sich und sie verstand. Ihre nasse Möse zog eine glänzende Spur auf seinem Bauch, bis sie die Spitze seiner harten Lanze erreicht hatte. Quälend langsam glitt sie über seinen Schaft, noch weiter nach unten über die Wurzel hinaus, denn sie wollte ihn sehen, den Glücklichmacher. Herrlich dick und mit rotem, glänzendem Kopf stand er kerzengerade vor ihr. Tobi hob die Hüften an und sie ließ sich nicht länger bitten. Sie rutschte so lange genüsslich auf ihm herum, bis sie ihn ganz aufgenommen hatte.

Mick kniete hinter ihr. Er dirigierte ihre Hüften, knetete ihren Arsch und feuerte sie weiter an: „Hast du es dir so vorgestellt, du scharfes Luder?"

„Nein, es ist noch viel geiler als ich dachte."

Sie ritt Tobi, der ihre steifen Nippel kniff und zwirbelte, während Mick ihre Rosette bearbeitete. Als ihr Stöhnen schon fast den nächsten Höhepunkt ankündigte, legte Mick seinen Unterarm um ihre Taille, so dass sie nicht ausweichen konnte. Mit der anderen Hand umfasste er seinen Schwanz und positionierte die dicke Eichel.

„Dann wollen wir doch mal sehen, wie dir das hier gefällt. Bist du eine geile Dreilochstute, hm?"

Er setzte an und schob seinen Unterkörper vorsichtig, aber unerbittlich, nach vorn. Sie keuchte und kam ihm doch entgegen, soweit das auf Tobis Schwanz möglich war. Stück für Stück eroberte Mick ihr Hintertürchen. Der Augenblick war so erregend, dass er sich beherrschen musste, nicht abzuspritzen. Ihr Loch war unglaublich eng. Zu wissen, dass nebenan der Schwanz eines anderen Mannes steckte, gab ihm fast den Rest.

„Oh Mann, ist das irre!", stöhnte er. „Leg los Tobi, gib dem Miststück, was es braucht!" Er schlug ihr mit der flachen Hand auf den Arsch und bewegte sich langsam, immer darauf bedacht, nicht aus ihr herauszugleiten.

Sie wimmerte vor Gier und ließ sich im wahrsten Sinne des Wortes in beide Löcher ficken, bis sie am ganzen Körper zitternd zum Orgasmus flog. Danach klappte sie erschöpft auf die Seite. Sie bekam nicht mehr mit, wie sich beide Männer mit allerletzter Beherrschung aus ihr zurückzogen und ihr Sperma animalisch grunzend auf ihre Titten spritzen.

„Bist du heute satt geworden?", fragte Mick augenzwinkernd drei Stunden später, bevor er sie in ihren Pelz wickelte und zur Tür begleitete.

„Für´s erste ja.", lachte sie geschafft, aber mit frechem Augenaufschlag. „Das können wir gern wiederholen."

Sie klatschten sich ab, bevor sie die ganze Technik wieder einsammelten.

„Das sollte genug heißes Material sein. Und falls nicht, wünscht sie sich doch tatsächlich eine Wiederholung!" Ungläubig schüttelte Mick den Kopf. „Bloß gut, dass eine Woche dazwischen liegt. Jeden Tag könnte ich das nicht durchalten."

Tobi lachte dreckig: „Alter, was beschwerst du dich? Rechne dir mal den Stundensatz aus!"

(7)

Das monotone Rauschen des Regens und die Gewissheit, in einem trockenen, warmen Bett zu liegen, hüllten sie wieder und wieder ein. Es gab keinen Grund aufzustehen. Keine Kinder, kein Job, keine sinnvollen Verpflichtungen warteten. So eintönig wie die Geräusche dieses erwachenden Tages war auch ihr Leben. Okey, in den letzten Wochen gab es diese aufregenden Treffen mit Mick, dem Monteur. Aber heimlicher Sex, noch dazu unter Umständen, die nicht annährend ihrem gewohnten Niveau entsprachen, konnte ja wohl kaum ein ausgefülltes Leben ersetzen. Wieder einmal war sie an dem Punkt angelangt, alles in Frage zu stellen. Der goldene Käfig engte nur noch ein. Es gab keinen Grund, diese seltsame, lieblose Ehe fortzusetzen. Sie hatte ihren Teil der Abmachungen längst geleistet. Ihr Mann hatte sein Netzwerk gesponnen, war mit der provinziellen High Society auf vielfältigste Weise verbandelt und saß wirtschaftlich fest im Sattel. Mit einer gehörigen Portion Wut im Bauch dachte sie an ihn. Er hatte sie klein gehalten, sie als Accessoire missbraucht, sie weder bestärkt, sich selbst zu entwickeln, noch als Frau zu schätzen gewusst. Und sie hatte es mit sich geschehen lassen. Würde er still in eine Scheidung einwilligen, so wertvoll wie ihm die tadellose Fassade war? In seiner Selbstherrlichkeit hatte er die Verwaltung der gemeinsamen Finanzen an sich gerissen. Bisher war ihr dieser Umstand nie aufgestoßen. Es war bequem, sich um nichts kümmern zu müssen, solange er ihr genügend Geld für ihre ganz persönlichen Ausgaben zur Verfügung stellte. Um eigene Rücklagen hatte sie sich nie bemüht, sie waren ihr nie wichtig erschienen. Nun aber würde sie schnell eigene Mittel brauchen.

Noch war die Idee einer Trennung völlig neu, aber sie fühlte sich richtig an. Ein selbstbestimmtes Leben führen? Was für ein reizvoller Gedanke! Wofür konnte sie sich begeistern? Was war ihre Ausbildung heute wert? Welche anderen Möglichkeiten würden sich finden lassen? Sie horchte in sich hinein und staunte, wie weit sie sich schon von dem Leben, in dem sie an diesem grauen Dienstagmorgen aufgewacht war, verabschiedet hatte. Ihr war bereits jetzt klar, dass sie in eine andere Gegend ziehen würde, weit weg von allem, was sie bisher kannte. Welche Befreiung, keine der ebenso gelangweilten wie oberflächlichen „Freundinnen" mehr ertragen zu müssen! Sie würde neue Menschen kennenlernen und ihren eigenen Kreis Vertrauter schaffen können. Sie würde sich ausprobieren und Neues entdecken, so wie sie sich die Welt der Erotik erschlossen hatte. Je länger sie darüber nachdachte, umso aufgeregter wurde sie. Es war, als fiele der berüchtigte Mühlstein von ihrem Hals. Sie stand auf und ging die ersten Schritte auf einem neuen Weg. Einer würde sein, sich am nächsten Montag für immer von Mick zu verabschieden. Vorher musste sie aber etwas gegen den Muskelkater tun. Ihr gesamter Körper signalisierte Zeichen von Überbeanspruchung. Sie ließ sich ein Schaumbad ein und vereinbarte einen Massagetermin.

(8)

„Du willst mich erpressen?"
Es war wieder Montagabend. Sie ging zum Fenster des Hotelzimmers und suchte einen Fixpunkt, um sich zu konzentrieren. Ihr Verstand hatte schon angefangen zu arbeiten, bevor Mick mit seiner unverschämten Forderung fertig war. Eine halbe Million, wie lächerlich! Da war doch viel mehr zu holen.
„Nicht ich allein, Tobi ist mit von der Partie."
Aha, also sollte die Summe gut durch drei teilbar sein. Die Puzzleteile fielen an die richtigen Stellen und sie traf eine Entscheidung. Unauffällig öffnete sie zwei weitere Knöpfe ihrer Bluse und nahm langsam wieder im Sessel Platz.
„Mick, mir ist ziemlich egal, ob mein Mann davon erfährt." Sie spielte scheinbar abwesend mit ihrer Halskette und lenkte damit den Blick auf ihr Dekolleté. Erfreut registrierte sie, wie ihm die Kinnlade herunter klappte. Damit hatte er nicht gerechnet, weder mit ihrer Haltung, noch mit dieser Antwort. „Ich werde mich von ihm trennen, das weiß er nur noch nicht. Du bringst mich aber auf eine Idee, die eines meiner Probleme löst. Deshalb mache ich dir einen Vorschlag." Jetzt blickte sie ihm tief in die Augen. „Du willst mit dem Geld neu starten, ich auch. Tun wir uns doch zusammen! Es ist so schön mit dir.", flötete sie, strich ihm vertraulich über den Oberschenkel und machte große Kulleraugen. „Nimm den Videoausschnitt vom Sandwich und schicke ihn meinem Mann! Dann kündigst du an, dass du noch mehr hast und alles an seine Geschäftskollegen und Freunde schickst, wenn er nicht innerhalb von drei Tagen zahlt. Er liebt mich schon lange nicht mehr, aber seine Reputation bedeutet ihm alles. Er wird niemanden einweihen." Sie rutschte an der Sesselkante weiter nach vorn auf Mick zu. „Weißt du eigentlich, wieviel Geld mein Mann besitzt? Verlange von ihm, sagen wir ... neun Millionen?"
Während er versuchte zu verarbeiten, was sie gerade gesagt hatte, setzte sie sich etwas zu schwungvoll auf seinen Schoß, schlang die Arme um seinen Hals und presste ihre Brüste an sein Gesicht. Ihr Oberschenkel klemmte seinen erwachenden

Schwanz in die Jeans. Der Schmerz stand ihm ins Gesicht geschrieben.
„Mick, oh, was hast du denn? Hab´ ich dir weh getan?"
„Nein, nein. Geht schon. Du sitzt nur ziemlich ungünstig."
Erleichtert atmete er aus, als sie sich erschrocken erhob und vor ihm in die Knie ging. Sie hatte den Reißverschluss schneller geöffnet, als er denken konnte, und schaute sein bestes Stück verlangend an.
„Alles in Ordnung, glaube ich." Sie zerrte an seiner Hose, bis das Objekt ihrer Begierde endlich frei zugängig vor ihr wippte, und verlor keine Zeit. Ihr Mund stülpte sich zunächst über seine Eichel und rutschte dann Zug um Zug weiter nach unten. Sie war ein Naturtalent und er ihr in diesem Moment völlig ausgeliefert. Ihr Speichel lief an seinem Schaft herab, bevor sie beherzt zugriff und ihn zusätzlich wichste. Mit ihrer Zunge heizte sie ihn weiter an und vergaß auch seine Kronjuwelen nicht. Er hatte sie noch nie so hemmungslos und zielstrebig erlebt. Sie gönnte ihm keine Pause und so dauerte es nicht lange, bis er: „Ich komme gleich!" stöhnte und sein Sperma in ihren Mund pumpte.
Sie stand auf, schaute auf den geschafften Mann mit seinem erschlafften Schwanz herab und nahm ihren Mantel.
„Neun Millionen, zu liefern in drei Tagen. Und Mick, versucht nicht, mich zu verarschen! Ohne mich bekommt ihr keinen Cent."

Zwei Stunden später stand sie mit einem Glas Rotwein in der Hand vor dem prasselnden Kaminfeuer. Ein Gedanke jagte den anderen. Sie konnte mit niemandem darüber reden, also ging sie alles noch einmal in Ruhe durch.
Der Plan war gut, sehr gut sogar.

(9)

Nachdem sie auch in der vergangenen Nacht kaum geschlafen hatte, rief sie Mick am Vormittag an. Die E-Mail mit der Erpressung war versendet. Nun warteten sie auf Antwort. Noch war nicht geklärt, wie die Geldübergaben stattfinden sollte, doch sie hatte alles längst bedacht. Sie bestellte Mick unter einem Vorwand zu der Stelle im Wald, an der alles seinen Anfang genommen hatte, und bat ihn, seinen Laptop mitzubringen. Er war nicht begeistert, denn er hatte mittwochs andere Verpflichtungen, doch sie blieb hart.

Als er nach Einbruch der Dämmung ankam, waren weder sie noch ihr Wagen zu sehen. Er war nicht gut drauf, seit sie das Heft in die Hand genommen hatte. Irgendwie fühlte er, dass etwas nicht stimmte, konnte aber nicht erkennen, was es war. Tobi hatten die Dollarzeichen bei der Aussicht auf drei Millionen Euro in den Augen gestanden, mit ihm war nicht zu reden.
Nach ein paar Minuten kam sie den Waldweg entlang geschlendert.
„Das hier wird die Übergabestelle sein. Dort hinten ist ein Hochstand. Hast du ihn bemerkt?"
„Nein, von hier vorn sieht man nichts.", grummelte er. Die Nächte waren empfindlich kalt geworden.
„Die Landstraße ist hier schnurgerade und insgesamt wenig befahren. Bei Dunkelheit sieht man die Lichter der Fahrzeuge gut. Mein Mann hat also kaum Möglichkeiten, uns nach der Übergabe aufzulauern. Außerdem habe ich mir die Gegend im Internet angesehen. Der Waldweg schlängelt sich nach etwa zwei Kilometern wieder auf eine Landstraße. So können wir mit dem Geld abhauen."
Mick war beeindruckt, sie meinte es wirklich ernst. Seine Bedenken schwanden.
„Okey, das klingt gut. Das hättest du mir aber auch Telefon sagen können. Warum bin ich hier?"
„Weil ich mir erstens ein Bild an Ort und Stelle machen wollte und weil ich will, dass du dir alles genau einprägst. Du wirst

die Tasche mit dem Geld an dich nehmen und sofort damit nach Belgien fahren."

Mick war verwirrt. „Bist du verrückt? Was soll ich denn in Belgien?"

„Wir werden dort etwas Gras über die Sache wachsen lassen, bevor wir neu anfangen."

„Äh, und was wird mit Tobi?"

„Dazu komme ich gleich. Sieh du zu, dass du ein ordentliches Fahrzeug hast und Tobi mit dir mitfährt. Lass dir etwas einfallen, dass er nicht im eigenen Auto hier anrückt! Während du ganz in der Nähe auf das Geld wartest, werde ich mit Tobi auf dem Hochstand deinen Rückzug sichern."

Das gefiel Mick nicht. „Lass uns beide doch auf dem Hochstand warten."

„Nein Mick, du wirst das Geld nehmen und durchfahren, bis du in Liège angekommen bist. Dort machen wir Halbehalbe."

Sie beobachtete gespannt seine Reaktion, denn die war die einzige Unbekannte in ihrem Plan. Er schaute sie erst verständnislos, dann ungläubig und zum Schluss anerkennend an.

„Du bist ja ein ganz durchtriebenes Früchtchen. Will ich wissen, was du mit ihm machst?"

Statt eine Antwort darauf zu geben lenkte sie ihn ab. „Hast du das Video auf dem Laptop? Ich würde es mir gern ansehen."

„Warum das denn?"

„Es war so eine geile Nacht!"

„Yes, Lady, das war es!" Mick sah ihren prallen, nackten Arsch vor sich, bevor er sie zum ersten Mal anal genommen hatte. Ihm wurde die Hose eng.

„Ich will es sehen. Ich will sehen, wie ihr mich gefickt habt." Ihre Stimme war belegt.

„Jetzt? Hier?"

„Naja, wenn du genug Zeit mitgebracht hast?"

Der Augenaufschlag war einen Oskar wert. Mick bedauerte, dass er in weniger als eine halben Stunde in seinem Dorf sein musste.

„Tut mir leid, das wird heute nichts. Ich muss los."

„Dann könntest du mir doch eine Kopie ziehen, oder?" Sie kramte in ihrer Handtasche und gab ihm einen Stick. „Bitte,

Mick!" Welpenblick. Wie konnte er diesem Betteln widerstehen?

Am Abend fiel sie völlig geschafft und in dem Bewusstsein in's Bett, zum allerletzten Mal darin zu schlafen. Sie hatte so viel erledigt, wie selten an einem Tag, hatte alle Weichen gestellt und war zu Recht stolz auf sich selbst.

Keiner der Nachbarn und Angestellten bekam mit, wie die Frau des Immobilienmaklers am Donnerstagmorgen vom Grundstück fuhr. Eine Stunde später erreichte sie die nächste Großstadt. Ihr Gepäck verstaute sie in einem Schließfach des Bahnhofes. Danach fuhr sie ins Parkhaus eines großen Einkaufszentrums und entfernte die letzten persönlichen Gegenstände aus dem Wagen, der ein Geschenk ihres zukünftigen Exmannes war. Sie würde nie wieder damit fahren. Sie ging shoppen und ließ sich nach dem Essen von einem Taxi in das reservierte Hotel am Rande der Stadt bringen. Sie gönnte sich einen kleinen Schönheitsschlaf. Am Nachmittag steuerte sie einen Gebrauchtwagenhändler an und bezahlte die unauffällige Limousine bar. Bevor sie zum Bahnhof fuhr, um ihr Gepäck abzuholen, machte sie noch einen Abstecher in eine Gegend, in der eine Lady wie sie nichts verloren hatte.
Am Abend erhielt sie die Nachricht, dass die Geldübergabe wie geplant stattfinden würde. Sie bestellte eine Flasche Champagner auf ihr Zimmer und verlangte nach dem hoteleigenen Masseur.

(10)

Micks SUV stand auf einem kleinen Kiesstück. Die Männer waren nicht zu sehen. Sie wendete und parkte hinter Mick. Um nicht unnötig lange Zeit mit Tobi verbringen zu müssen, war sie absichtlich fast zu spät erschienen. Mit Thermoskanne und Taschenlampe bewaffnet machte sie sich auf Richtung Hochstand.

„Herrgott, wo warst du denn so lange?", wurde sie ungeduldig begrüßt.

„Reg dich nicht auf, jetzt bin ich ja da. Alles klar bei euch?" Mick nickte und verzog sich ins Unterholz.

„Na dann mal hoch mit dir!", forderte Tobi sie mit einem Kopfnicken auf, und folgte ihr wenig später.

Es war kalt. Das Warten in der Dunkelheit zehrte an ihren Nerven. Tobi rauchte eine nach der anderen, schwieg aber ansonsten. Ihren Tee trank er zum Glück gern. Sie hatte es sich leichter vorgestellt. Nun musste sie sich etwas einfallen lassen. Sie vergrub ihre Hände in den Taschen des dicken Mantels. Wieder sah sie auf die Uhr. Die vereinbarte Zeit der Geldübergabe war fast erreicht. Sie ließ ihren Autoschlüssel fallen, fluchte und ging in die Hocke, um ihn zu suchen, konnte aber nichts sehen. Tobi auch nicht.

„Kannst du bitte mal mit der Taschenlampe nachsehen?", fragte sie und trat ein Stück zur Seite. Er knipste das Licht an und suchte. Über seinen gebückten Körper weg sah sie den Lichtkegel eines Autos die Landstraße abtasten. Das Fahrzeug wurde langsamer. Tobi war in die Hocke gegangen und wischte mit der flachen Hand über den rauen Holzboden.

„Ich sehe nichts. Kannst du mal zur Seite treten?"

Er schaute von unten zu ihr herauf und grinste anzüglich, als er ihren nackten Schambereich direkt vor seinen Augen sah.

„Holla die Waldfee, ist dir nicht kalt?"

Doch, das war es, wenn man bei diesen Temperaturen nur Pullover und Stockings unter dem Mantel trug. Sie reichte ihm einen weiteren Becher Tee.

„Kannst ja testen, wie heiß ich bin. Du hast doch da ein ganz spezielles Thermometer. So schön groß und dick."

„Du willst jetzt gefickt werden? Hier oben?" Vergessen war der Autoschlüssel, der längst wieder in ihrer Tasche steckte. Sie schob ihren Mantel zur Seite und lehnte sich über die Seite der Brüstung, die in den Wald zeigte.
„Mich hat das Warten sowas von geil gemacht. Worauf wartest du, Tobi, diese Gelegenheit bekommst du so schnell nicht wieder!" Unauffällig schielte sie Richtung Straße. Das Auto hatte seine Fahrt wieder aufgenommen. Tobi öffnete seinen Gürtel und ließ die Hose bis zu seinen Knöcheln rutschen. Mit einem: „Na dann wollen wir doch mal sehen, ob du Fieber hast!" rammte er seinen Prügel in ihre Grotte, die sie vorausschauend mit chemischem Glibber vorbereitet hatte. Sie feuerte ihn mit dem Repertoire eines Pornostarletts an.
„Oh, jaaa, hmmmm, oooch, wie geil, hjaaaa, hmmmm ..." und hoffte nur, dass es schnell vorüber war. Bei Tobi setzte endlich die Wirkung des „Tees" ein. Er nahm benommen auf dem Sitz Platz, bevor ihm die Augen zufielen. Sie schlug ihren Mantel um sich, drapierte Tobis Jacke so, dass er nicht erfror, und stieg vom Hochstand. Zwei, drei Stunden Vorsprung waren besser als nichts, zumal Tobi keine Ahnung hatte, wohin sie sich absetzen wollten.

Mick hatte seinen Wagen mit der schweren Tasche erreicht und deren Inhalt geprüft. Er verstand zwar die Warnung nicht, die sie hinter den Scheibenwischer geklemmt hatte, und in der sie davon schrieb, etwas gegen ihn in der zu Hand haben, doch machte er sich wie abgesprochen auf den Weg. Über vier Millionen Euro waren schließlich viel mehr, als er erwartet hatte. Maßlosigkeit konnte einem das Genick brechen.

(11)

Er hatte sich schon Sorgen gemacht, bevor sie endlich drei Stunden nach ihm eingetroffen war. Wie konnte sie nach dieser Tour schon wieder so frisch sein? Mick hob seine schweren Lider, als sie, in einen flauschigen Bademantel gewickelt, fröhlich pfeifend die Vorhänge zurückzog. Urplötzlich war er hellwach. Wer war diese Frau mit dem kinnlagen, pechschwarzen Pagenkopf?
„Überraschung gelungen?"
Sie schaltete den Fernseher ein und Mick wurde kotzübel. Da war von einer Erpressung die Rede und davon, dass er der Drahtzieher sein sollte. Ein Foto, das eindeutig aus dem verdammten Video stammte, prangte hinter dem Nachrichtensprecher.
„Woher zum Geier ...?" Ihm fehlten die Worte.
„Das ist meine Versicherung, lieber Mick. Ich habe dich anonym angezeigt und da du auf dem Video bestens in Szene gesetzt bist, besteht kein Zweifel an deiner Schuld. Die Polizei wird inzwischen meinen Mann verhört haben, also ist meine Story wasserdicht. Du bist auf mich angewiesen. Auf, auf, Mr. Mick Million! Wir müssen das Geld loswerden."
„Du Miststück!" zischte er, doch sie lachte nur.
„Nimm's locker, Mick! In Paris bekommst du deinen Anteil und siehst mich nie wieder."
Gemeinsam fuhren sie mit ihrem Chevrolet zur Bank. Mick wartete mit mahlendem Unterkiefer im Wagen, während sie die Beute auf die vorbereiteten Konten einzahlte. Sie nahm die Kreditkarten in Empfang und verließ aufatmend die Bank.
Nun fehlte noch der letzte Akt. Auf nach Frankreich!

(12)

Mick hatte die Nase endgültig voll. Louvre, Panthéon, Sacré-Cœur, Champs-Élysées und alles mitten im arschkalten November. Es zog wie Hechtsuppe auf diesem blöden Stahlturm und er hatte Hunger. Wer konnte auch auf die Idee kommen, dass ein Mann von Froschschenkeln satt werden würde? Das ging nun schon seit Tagen so.
„Haben sie genug gesehen, *madame*?"
„Sei doch nicht so unromantisch, Mick." Sie drängte sich an ihn." Also gut. Bevor du mir den Rest des Tages verdirbst, lass uns ins Hotel fahren."
Sie wusste, wie angesäuert er war und wollte den Bogen nicht überspannen. Außerdem war auch ihr inzwischen kalt und die Füße schmerzten vom Sightseeing. Er winkte einem Taxi, sie stiegen ein und sie kuschelte sich in seine Arme.
„Ist dir kalt?", fragte sie scheinheilig und strich seinen Oberschenkel entlang, „ich hätte da eine Idee, wie dir bestimmt ganz schnell heiß wird." Sie spürte seinen inneren Widerstand. So schnell würde er dieses Mal nicht nachgeben. Ihre Hand dehnte die Massage weiter in Richtung seiner Mitte aus. Sie ließ sich Zeit, schließlich wollte sie ihn nur aufwärmen. Dann stahl sich ihre zweite Hand unter sein Shirt.
„Boa, bist du irre? Halt still, du bist eiskalt!" Er umfasste ihr Handgelenk um sie daran zu hindern, ihn weiter zu ärgern.
„Oh, kabbeln wir uns ein bisschen?", provozierte sie ihn nun doch und griff beherzt in seinen Schritt.
Er stöhnte auf: „Du kleines, freches Luder!", packte ihren Nacken und zog sie ganz nah vor sein Gesicht. Der Kuss war heftig, überfallartig und keine Spur liebevoll. An den Haaren zog er sie nur ein paar Millimeter zurück und sah ihr in die Augen.
Pause.
Sein Atem ging heftig und tief, als kämpfte er nicht mit ihr, sondern mit sich selbst. Nur eine Nuance zärtlicher suchten seine Lippen wieder ihre, seine Zunge drängte gierig in ihren Mund. Fast brutal griff er nach ihrer Brust – und stieß sie von sich.

„Ich bin auch nur ein Mann, Lady, kein Heiliger. Treib es nicht zu weit!" Er funkelte sie böse an, musste aber gleichzeitig grinsen und seine Augenbraue wanderte nach oben. „Mit dir wird es echt nie langweilig. Was hast du noch alles auf Lager?"
Während das Taxi vor dem noblen Eingang des „Le Meurice" vorfuhr und der Concierge die Tür öffnete, antwortete sie leise. „Das wirst du schon noch sehen, lieber Mick."
Er war nicht sicher, ob das eine Drohung oder ein Versprechen war.

Nach dem Essen, das der Zimmerservice auf die Suite gebracht hatte, und zu dem er für sich auf einer ordentliche Portion argentinisches Rindersteak bestanden hatte, war sie natürlich als Erste im Bad. Mick fühlte sich zwischen dem ganzen Gold, dem auf alt getrimmten Metallbett und dem restlichen Chichi wie ein Schäferhund auf einer Pudelausstellung. Und er war spitz wie einer. Bevor sie in der Lobby wieder hinter der beherrschten Fassade verschwunden war, hatte sie ihm ordentlich eingeheizt. Sie konnte ihre Rollen wechseln wie ein Chamäleon. Das faszinierte ihn. Wie sie ihn vorhin innerhalb kürzester Zeit auf Touren gebracht hatte! Gerade kam sie vollkommen nackt zurück in den Salon. Bloß gut, dass er nur noch seinen Slip trug, es wäre sonst arg eng in seiner Hose geworden.
Sie schaute ungeniert auf die unübersehbare Beule, strich im Vorbeigehen darüber und meinte: „Geh duschen, Mick, und beeil dich!"
Biest. Miststück. Hexe.

Kaum hatte er die Tür hinter sich geschlossen, wurde sie hektisch. Das Spielzeug legte sie griffbereit und dimmte das Licht soweit, dass das Zimmer fast im Dunkeln versank. Dann sammelte sie ein, was wichtig war, und zog sich an. Zum Schluss goss sie zwei Single Malt in Kristallgläser und nahm mit übergeschlagenem Bein in dem Sessel Platz, der am wenigsten beleuchtet war.

Er blieb irritiert in der Badtür stehen, als er vom Hellen ins Dunkle trat.
„Schließ die Tür und leg dich ins Bett!"

Er zögerte. Ein neues, geiles Spielchen? Das hatte er sich nach diesem Tag doch wirklich verdient. Weshalb also nicht ihr das Kommando überlassen? Er ließ das Handtuch fallen und drapierte sich auf der Mitte der Matratze. Die Arme verschränkte er hinter dem Kopf.
„Kann losgehen, Baby."
„Rechts neben dir liegt ein Seidentuch. Verbinde dir damit die Augen!"
Ihre Stimme ließ keinen Widerspruch zu. Mick überlief ein Schauer, seine Nippel stellten sich auf und der kleine Mick wurde wach. Seit wann stand er denn auf so etwas? Eis klimperte in einem Kristallglas. Er schaute neugierig in die Richtung, in der sie saß, sah aber nur schemenhafte Umrisse.
„Mick? Das Tuch! Und binde es richtig fest, so dass es nicht rutscht!"
„Ja, natürlich, *madame*. Wie sie befehlen, *madame*." Blind legte er sich zurück. „Komm her Baby, du kannst mit mir machen, was du willst.", versuchte er sie zu locken.
„Noch nicht. Liegst du bequem, ja?"
„Hmm."
„Fass dich nicht an! Schwanz und Eier sind tabu, Mick!"
Er legte die Hände wieder unter den Kopf.
„Stell dir vor, du liegst so wie jetzt auf einem Diwan. Zwei orientalische Schönheiten gesellen sich zu dir. Ihre drallen, milchkaffeefarbigen Brüste präsentieren sie in mit Perlen besetzten Heben. Die Bauchnabel sind mit edlen Piercings verziert und um die Hüften tragen sie nur leichte, durchsichtige Schleier. Kleine Glöckchen an den Fußgelenken klingeln bei jedem Schritt. Die beiden tanzen für dich, wiegen sich in den Hüften, biegen ihre Rücken und berühren sich dabei wie zufällig gegenseitig. Hände streifen über ausladende Rundungen, zärtliche Finger fühlen weiche Haut. Langsam werden die Gesten eindeutiger. Die Ladys küssen sich, zuerst auf den Mund, dann erforschen sie gegenseitig die Körperlandschaften. Du riechst ihre Lust.
Um es bequemer zu haben, kommen sie zu dir auf den Diwan, doch bedeuten sie dir, dich zurück zu halten. Du hörst sie seufzen und kichern und stöhnen, siehst wie sie sich streicheln. Eine legt sich quer zu deinen Füßen, die andere kniet sich so,

dass du vollen Ausblick auf ihren herrlich runden Hintern hast. Wenn sie sich nach vorn beugt, um ihre Freundin zu küssen, siehst du nicht nur ihre inzwischen feuchten, prallen Schamlippen. Es blitzt auch ein großer Diamant am Ende eines Buttplugs."

Micks Hände bewegten sich ganz automatisch zu seinem Schwanz. Natürlich musste er sich über Sack und Schaft massieren, wenn sie es schon nicht tat. Dieses Kopfkino blieb doch nicht ohne Wirkung! Vor Erregung hatte er gar nicht mitbekommen, dass sie ans Bett getreten war und nun nach seinem linken Handgelenk griff. Fast liebevoll führte sie es über seinen Kopf. „Klick." Sie hatte ihm einen Armreif umgelegt. Was sollte der Quatsch? Die rechte Hand hatte sie gegriffen und gefesselt, bevor er realisierte, was eigentlich passiert war. Als er versuchte, die Arme zurück zu seinem besten Stück zu führen, merkte er, wie fest die Handschellen saßen.
„Hey, was hast du vor?", schnurrte er.
„Wenn du nicht still hältst, fessele ich auch deine Beine." Und dann machte sie einfach weiter.

„Sie fordert dich mit ihrem wackelnden Hintern auf, mit dem Plug zu spielen. Natürlich nimmst du diese Einladung an. Vorsichtig ziehst du das Spielzeug, bis die maximale Dehnung erreicht ist, drehst und schiebst rein und raus. Das Gurren der Frau lässt dich weitermachen. Derweil beginnt sie, ihre Freundin zu lecken, die ihre Lustspalte mit ihren Händen so geöffnet hat, dass du die Nässe heraustropfen sehen kannst."

Mick ächzte. Sein Schwanz war knüppelhart. Mit seiner Hüfte stieß er in die Luft, aber das brachte nichts. Er wollte sich anfassen oder berührt werden, Hauptsache, dem Drang nach Reibung nachkommen.
„Hilf mir, du Hexe!", bettelte er.

Der Sessel knarrte.

Wieder schlugen Eiswürfel an Kristall.

Ein Glas wurde abgestellt.

Schritte kamen auf ihn zu.

Die Matratze wurde belastet.

Ihre heißkalte Hand legte sich um seinen Schaft und massierte ihn.

Langsam.
Das war besser als nichts.

Sie steigerte das Tempo.

Er wand sich in seiner Lust. „Oh geil, Baby! Ja, fester, wichs mir ordentlich den Schwanz!"
Ohne Unterlass fuhr ihre Hand auf und ab.
Seine Säfte sammelten sich.

Die Hand war weg!

Der Körper neben ihm verschwand.

Tap, tap, tap auf dem weichen Teppich.

„Mach´s gut Mick."

Die Tür wurde geschlossen.

Ein heißer Sommer

Lars fluchte innerlich. Bei dieser Affenhitze lief ihm der Schweiß in Strömen vom Körper. Unter dem schwarzen, mit künstlichen Federn beklebten Umhang kam er sich vor wie unter einer tragbaren Sauna. Erstaunlich, dass sich bis jetzt noch keine Pfütze um seine Füße gebildet hatte. Dieser Sommer war aber auch extrem schwül! Es gab seit Wochen tropische Temperaturen, eine Luftfeuchtigkeit wie im Dschungel und auch abends kaum Abkühlung.
Der Job war anspruchslos, aber vernünftig bezahlt. Die Tage im Lager der Ferienjobber entsprachen dem, was er sich erhofft hatte. Junge Leute aus aller Herren Länder feierten gemeinsam ein unbeschwertes Studentenleben. Sobald alle Attraktionen des Freizeitparkes schlossen, trafen sie sich am Flussufer, gingen baden, grillten und tranken. Und nicht nur das, natürlich. Jede Nacht drangen aus den Zelten eindeutige Geräusche frivolen Treibens.
Lars hatte ein Auge auf Uta geworfen. Zuerst war ihm ihre raue Stimme aufgefallen, mit der sie den Liedern aus ihrer schwedischen Heimat eine melancholische Note gab. Ihr Look aus langen, bunten Kleidern, flachen Sandalen und Bändern, die sie in ihre blonde Mähne flocht, entsprach eher dem der Hippies aus den siebziger Jahren als der Ära von Facebook. Die weichen Stoffe unterstrichen ihre weiblichen Reize. Sie trug sie wie eine zweite Haut, fühlte sich so wohl darin, dass Lars sie sich gar nicht in Jeans vorstellen konnte. Sie sprang immer nackt in die Fluten und hatte es nicht eilig, sich danach in ein Handtuch zu wickeln. Ihre Reize stellte sie gern zur Schau, an einem schnellen Abenteuer schien sie aber kein Interesse zu haben. Es war, als suche sie nach einem besonderen Mann. Wenn sie sich von Lars beobachtet fühlte, schlug sie die Augen nieder und neigte ihren Kopf. Manchmal schaute sie ihn dann wieder an, als erwartete sie etwas, das nur er ihr geben konnte. Lars war sich inzwischen sicher, eine devote Frau vor sich zu haben und malte sich aus, wie lustvoll ihre Begegnungen sein könnten. Auch gestern Abend war er mit unzüchtigen Gedanken an die blonde Schwedin und erst dann eingeschlafen,

nachdem er bei sich selbst Hand angelegt hatte. Zu aufregend waren die Bilder gewesen, die in seinem Kopfkino gelaufen waren.

Lars war nach einer Pinkelpause wieder auf dem Weg zur Gespensterbahn. In der hereinbrechenden Dunkelheit leuchteten grüne Monster und glutrote Augen vom uralten Fahrgeschäft. Das Besondere waren die Menschen, die statt Pappmachepuppen dafür sorgten, dass sich die Gäste ordentlich gruselten. Mit verschiedenen Kostümen war es schnell möglich, andere Figuren darzustellen. Die Umsätze ließen allerdings zu wünschen übrig. Da alle Mitarbeiter daran beteiligt wurden, hatte Lars sich letzte Nacht überlegt, wie man mehr Kunden in die Bahn locken konnte. Es müsste etwas geboten werden, was die Vergnügungssüchtigen anderswo nicht zu sehen bekämen. Er hatte eine Idee und würde sie an diesem Abend testen, nur wusste außer ihm keiner davon. Den ersten Teil seiner Vorbereitungen hatte er am Vormittag erledigt, nachdem der Reinigungstrupp die Bahn verlassen hatte.
Jetzt trug er nur Retroshorts und eine kleine Tasche unter dem Umhang. Gestern hatte er beim Umziehen gesehen, dass Uta unter ihrem Hexenkostüm nackt war. Viel zu schade, ihre herrlichen Rundungen unter dieser Klamotte zu verstecken. Wenn er bedachte, dass er von seinem Platz in der Geisterbahn aus nur die Hand auszustrecken brauchte, um diesen wunderbaren Frauenkörper zu berühren, war er ganz froh über den weiten Vogelumhang.

Quiiiieeetsch! Der nächste Wagen rumpelte heran. Er durchfuhr die Lichtschranke und automatisch spulte die Kreisch-CD ihr eintöniges Repertoire ab, zu dem Lars seine Arme wie Schwingen zu heben hatte. Der Wagen war vorbei, in dreißig Sekunden würde der nächste um die Ecke biegen. Es war wieder nicht viel los, mitten in der Woche, und das würden sie in zwei Stunden in ihrem mageren Umschlag merken. Endlich Zeit, etwas zu unternehmen! Lars schälte sich aus den Stoffmassen, streifte sie bis zu den Hüften herab und stand mit glänzendem Oberkörper mitten in der Geisterbahn. Die bunt flackernden Lampen ringsum warfen interessante Lichtreflexe auf seine gut definierte Figur.

Der nächste Wagen war besetzt. Lars drehte sich auf seinem kleinen Podest genau in dem Moment ruckartig zu den Passagieren, als die schon dachten, sie wären an ihm vorbei. Das Geschrei entlockte ihm ein freches Grinsen und Uta ein diabolisches Lachen.

„Ganz schön gemein von dir!", raunte sie, nachdem die Gäste verschwunden waren.

„Wir wollen den Leute doch eine gute Show für ihr Geld bieten, oder?", gab Lars mit verstellter, tiefer Stimme zurück.

„Ja, schon klar.", kicherte Jana.

„Dann mach`s mir nach!" Lars war gespannt, wie Jana reagieren würde.

„Du meinst ...?"

„Genau, zeig sie mir, schöne Hexe!", schmeichelte er. Sie würde nicht widerstehen können, sich zu präsentieren, da war er sicher.

„Okeeeeyy..." Die junge Wilde war, wie erwartet, schnell überredet. Uta begann, Knopf für Knopf des Hexenkittels zu öffnen, als der nächste Wagen vorüberfuhr.

„Ey, haste das gesehn´? Die Alte wollte sich gerade nackig machen!" Bevor sich der zweite Gast umdrehen konnte, war der Wagen um die Ecke gefahren. Den nächsten zehn Fahrzeugen wurde das gleiche Schauspiel geboten. So lange ließ Uta sich Zeit. Sie strippte in dieser miesen Umgebung, als hätte sie nie etwas anderes getan. Fast hatte Lars den Eindruck, als hätte sie nur auf eine Gelegenheit gewartet, ihn anzumachen. Endlich entblößte Uta ihren Oberkörper vollständig. Die Wirkung war doppelt großartig. Inzwischen war jeder Wagen besetzt und Lars war wieder einmal froh, dass sein Umhang weit und das Licht gedimmt war.

„Wie war das? Bieten wir ihnen was für´s Geld?", versuchte Uta, Lars zu reizen.

„Genau! Leg das hier an!", befahl er ihr unmissverständlich. Er hatte sie richtig eingeschätzt. Ohne Widerspruch nahm Uta ihm die Nippelklemmen ab. Sie schaute ihm in die Augen, während sie erst die eine und dann die zweite ihrer Bestimmung zuführte.

Die Insassen der nächsten Wagen bekamen richtig was zu sehen. Da stand eine fast zu schöne Hexe mit nackten, straffen Titten. Deren Brustwarzen wurden durch eine Kette verziert, die von einer der dunkelroten Spitzen zur nächsten reichte. Plötzlich griff ihr eine Fabelgestalt - halb Mensch, halb Vogel - an die Möpse, zog an der Kette und die Hexe schrie lustvoll auf.
Nach jedem Wagen ließ Lars von Uta ab, befahl ihr, wieder die Ausgangsposition einzunehmen und seinen „Angriff" zu erwarten.
„Und wehe du kommst, Miststück!"
Dass Uta das zunehmend schwerer fiel und dass ihre Erregung ständig zunahm, hatte er sehr wohl und freudig registriert. Sie hier kommen zu lassen, unter völlig fremden Augen und quasi in der Öffentlichkeit, reizte ihn ungemein. Wie nass sie wohl schon war? Wieder rumpelte einer der Wagen um die Ecke Richtung Ausgang. Lars setzte einen Fuß über die Bahn auf Janas Podest, hob ihren langen Rock an und fuhr ihr mit der freien Hand prüfend zwischen die Beine, ohne sie zusätzlich zu reizen.
„Klatschnass bist du!", stellte er fest. „Noch drei Durchgänge wirst du warten!"
Uta stöhnte und jammerte nach dem nächsten Wagen. "Ich halte das nicht mehr aus! Lass mich endlich fliegen!"
Sofort schnitt er ihr das Wort ab. "Habe ich dir erlaubt zu sprechen, geile Hexe? Dafür wirst du bestraft. Dreh dich um und leg deinen Arsch frei!"
„Oh Gott, nein, bitte!"
„Was bitte? Bitte ja, denke ich doch! Umdrehen!"

Inzwischen bildete sich vor der Geisterbahn eine immer länger werdende Schlange. Schnell hatte sich herumgesprochen, dass es heute eine ganz besondere Attraktion zu sehen gab. Allein der Chef an der Kasse ahnte noch nicht, was die Ursache für dieses plötzliche Interesse war, konnte er doch nicht weg aus seinem Kabuff. Er hörte nur ab und zu die spitzen Schreie der jungen Frau, die er ins Hexenkostüm gesteckt hatte. Davon, dass Lars Utas Hintern mit Hilfe eines Rohstockes zu einem hübschen Streifenmuster verholfen hatte, konnte er nichts wissen. Die Zeichnung war wirklich erstklassig gelungen. Die kurzen Pausen zwischen den Wagen ließ Lars Uta Zeit, sich auf die nächsten Schläge zu freuen. Manchmal strich er auch mit der flachen Hand über die schönen weichen Backen und über seinen prallen Schwanz, denn natürlich ließ ihn dieses Schauspiel nicht kalt. Utas Lust war auch seine Lust, er gierte inzwischen regelrecht danach, sich in ihr versenken zu können.

Endlich schlug die alte Glocke zur letzten Fahrt. Noch einmal tanzte der Rohrstock über Utas Arsch und die letzten Fahrgäste atmeten die spannende Atmosphäre, die kurz vor einem besonderen Ereignis in der Luft liegt. Kaum war der Wagen verschwunden, befreite sich Lars aus seinem Kostüm. Im Nu stand er mit hoch aufgerichtetem Speer hinter Uta. Er setzte kurz an, um mit nur einem einzigen, tiefen Stoß bis zum Anschlag einzudringen. Uta schrie schon wieder, ob vor Überraschung oder aus Lust, war Lars jetzt ganz egal. Er krallte sich mit beiden Händen an ihren Hüften fest und ließ sich gehen, rammte ihr seinen Schwanz immer wieder in das heiße Loch, bis er endlich explodierte. Es erschien ihm, als pumpe er unendlich lange seinen Saft in diese Grotte, die sich rhythmisch um ihn zog und ihn einzusaugen schien. Was für ein Wahnsinnsritt!

Klatsch! Klatsch! Klatsch! Langsam kamen Lars und Uta wieder in der Realität an. Da klatschte jemand einsam Beifall. Als Lars sich vorsichtig umdrehte, weil sein Schwanz noch immer so angenehm warm von Uta umfangen wurde und er noch nicht aus ihr herausgleiten wollte, sah er seinen Arbeitgeber süffisant grinsend an der Ecke zum Ausgang stehen.
„Ich habe ja schon so einiges erlebt, aber so ein Pärchen wie Ihr ist mir noch nie untergekommen, hähähä.", lachte er dröhnend, „Vergesst nicht, eure Umschläge abzuholen, wenn ihr fertig seid! Hähähä, sowas aber auch ..."
Leider war Uta beim Klang der Stimme zusammengeschreckt und hatte sich aufgerichtet. Lars war enttäuscht, dass sein Schwanz jetzt im Freien hing, doch er wusste Abhilfe.
„Leck ihn sauber, aber mach das ordentlich!"
Uta gab sich alle Mühe.

Madame Renard

(1)

Ein schmaler Lederharness auf einem straffen, durchtrainierten Männerkörper war der erste Eindruck, den er hinterließ. Sein Wunsch nach Wechsel der Rollen gab den Ausschlag, dass sie ihn überhaupt in Betracht zog. Einen Versuch war er wert, intelligent und gewitzt, wie er antwortete. Keinesfalls unterwürfig, damit hätte sie nicht umgehen können. Eine Begegnung auf Augenhöhe, so sollte es beginnen. Danach war alles offen. Für sie konnte das auch einen Abbruch bedeuten, jederzeit. Das war eines ihrer Prinzipien, von denen sie nicht wieder abweichen würde: wenn sie sich in einer Situation nicht wohl fühlte, würde sie gehen. Ohne Rücksicht auf Konventionen.

Sie hatte das spanische Restaurant vorgeschlagen, das bequem erreichbar von seinem Hotel aus gelegen war und eine gute Anbindung an die öffentlichen Verkehrsmittel der Stadt hatte. Sie dachte schon immer praktisch, plante voraus, schloss mögliche Eventualitäten ein und aus.

Das neue Kleid konnte man als Statement sehen, wenn man es so wollte: schwarz, eng anliegend, knielang, die kleine Knopfleiste am Ausschnitt hochgeschlossen. Der Clou war der durchgehende Reißverschluss auf dem Rücken, der nicht sofort bemerkt wurde. Die zum Nackenknoten aufgesteckte rote Mähne konnte den Eindruck einer dominanten Lady unterstreichen, oder den einer eleganten Frau, die sich ihrer Wirkung bewusst war und sie gezielt einsetzte. Knallrote Lippen und schwarze High Heels komplettierten das Bild.

Sie war eher im Restaurant als er. Bevor sie sich durch die Getränkekarte gearbeitet hatte, fiel sein Schatten auf den Tisch. Schlank, groß, wache, Neugier verratende Augen. Weißes Hemd, wie langweilig. Ein Lächeln, von dem sie keine weichen Knie bekommen würde. Gut so, das wollte sie auch nicht. Keinen Herzschmerz riskieren! Wenn alles gut lief, unverbindlichen Sex, der Spaß machte, und das Gespenst in ihrem Kopf

im Zaum hielt. Leben spüren, ohne etwas zu riskieren. Ganz bewusst.
Er wählte den Rotwein und sie stießen an, beobachteten einander offen, tasteten sich mit Fragen langsam, aber bestimmt, voran. Er verteilte Komplimente. Die Tapas teilten sie sich fast geschwisterlich. Entspannt registrierte sie einen intelligenten Mann ohne Allüren, der nicht sofort alle Karten auf den Tisch legte. So wie sie ihm nicht sofort offenbarte, welcher seiner Vorlieben sie sich vor allem widmen wollte.
Sie genossen das Essen. Die erste Flasche Wein war leer.
"Wie geht es weiter?", fragte er direkt.
"Es ist ein wunderbar warmer Abend, lass uns ein Stück gehen." Sie hakte sich unter und führte ihn die Hauptstraße entlang, auf der ein gemischtes Publikum den Frühlingsabend feierte. Sie plauderten locker, während sie ihn zu seinem Hotel lotste. Amüsiert quittierte sie seine Meinung, sie liefen in die falsche Richtung, mit einem: "Vertrau mir!"
Schmunzelnd antwortete er: "Ich stehe ganz zu deiner Verfügung."
In seinem exklusiven Hotelzimmer zauberte er mit Rotwein, Gläsern und zuvorkommendem Charme eine knisternde Atmosphäre zum Wohlfühlen. Es war vorausbestimmt, was passieren würde. Sie wollte es. Wollte wissen, ob sie es ertragen würde, ob sie es wieder zulassen und vielleicht sogar genießen konnte.
Sie löste den Haarknoten in ihrem Nacken und schloss alle Erinnerungen aus.
Er kam zu ihr auf das kleine Sofa und begann, sie zärtlich zu küssen. Er küsste gut, aber nicht wie das Gespenst. Als er ihren langen Reißverschluss öffnete, sie sich zu ihm umdrehte und aus dem Kleid stieg, war das Ergebnis seiner Freude nicht zu übersehen. Routiniert begann sie, ihn durch die Hose zu wichsen. Sie beobachtete, wie er es genoss, ihre weiche Haut durch die schwarze Spitze schimmern zu sehen. Fast ehrfürchtig berührte er ihren Hals und strich langsam zu ihren herrlichen Brüsten hinunter. "Nett.", dachte sie ironisch und holte seinen harten Luststab aus seinem Gefängnis. "Damit lässt sich doch arbeiten.", freute sie sich. "Aber so wie seiner..." Verdammt, warum konnte sie das nicht lassen?!

Sie ließ sich rückwärts auf die große Spielwiese sinken und er sich nicht zweimal bitten. Demütig ging er vor ihr auf die Knie und leckte sie ausdauernd. Sie verspürte Lust und versuchte, sich fallen zu lassen. Doch es wollte einfach nicht gelingen. Sie zog die Knie an, drehte sich auf den Bauch und präsentierte ihm ihren Hintern.
"Nimm mich!", feuerte sie ihn an. Der Gentleman nahm, stieß zu und genoss ihre Enge. Im großen Spiegel sah sie, wie er es auskostete, beobachtete wie seine Gier wuchs und er seine Hemmungen verlor. Sie berührte sich selbst, reizte ihre Klit und fühlte nichts. Sie ritt ihn, nahm ihn tief auf und spürte dem Ausgefülltsein nach. Als er seinem Höhepunkt entgegen stieß, sinnierte sie darüber, dass die Geräuschkulisse jedem anderen Gast keine andere als die richtige Interpretation zu den Vorgängen in diesem Hotelzimmer übrig ließ. Es war ihr egal.
Erschöpft nahm er sie in den Arm und sie dämmerten etwas weg. Als sie kurze Zeit später wieder zu sich kam, ertrug sie seine Nähe nicht länger. Vorsichtig zog sie sich zurück. Er blieb entspannt und verabschiedete sie aufrichtig lächelnd.
"Wiederholen wir das?", musste er dennoch fragen.
"Schon möglich." antwortete sie ausweichend, bevor sich der Hotellift schloss und sie endlich allein war.

(2)

Am Morgen hatte sie mehrere Nachrichten auf dem Handy, in denen er sich überschwänglich über die gemeinsamen Stunden ausließ. Er wollte sie unbedingt wiedersehen und sendete Bilder von dominanten Frauen in Lack oder Leder, die er im Netz gefunden haben musste. Er bat sie, so zum nächsten Treffen zu erscheinen.

Das war es, was sie endlich ausprobieren wollte! Vanillasex mit ihm würde sie nicht wieder haben, das wusste sie nach dem ersten Abend. Die Möglichkeiten, die er mit seiner Vorliebe bot, kamen ihr dagegen wie gerufen. Sie hatte sich dem langsam angenähert, spielte schon lange in ihrem Kopfkino damit. Nun hatte sie wohl den Mann gefunden, der - ähnlich unerfahren wie sie - einen neuen Weg beschreiten wollte. Manchmal musste man einfach nur Geduld haben, bevor sich eine Tür von ganz allein öffnete.

Sein Fetisch war das Sahnehäubchen. Wie ein Sog zogen sie auch diese Bilder in ihren Bann. Ihn in Frauenkleidung zu sehen, war erregend, stellte sie völlig verblüfft fest. Bei keinem anderen Mann hätte sie sich vorstellen können, es erotisch zu finden. Der Film in ihrem Kopf produzierte Bilder, die sie schneller atmen ließen und Fragen aufwarfen.

Was empfand er dabei, Kleid oder Rock zu tragen? War es die Lust am Unüblichen oder an der Erniedrigung, die man damit verbinden konnte, die ihn reizte? Wollte er erniedrigt werden? Wollte er Schmerzen spüren? Manche Frage hatte er sich selbst noch nie gestellt. Er beantwortete alle ernsthaft. Damit war ihre Entscheidung gefallen.

(3)

Das Paket war endlich angekommen. Vorsichtig hob sie die beiden Teile aus der hochwertigen Verpackung. Wunderbar weich fühlte sich das Material an, als sie mit der Hand darüber fuhr. Ob es sich auch so toll tragen ließ? Wie würde es aussehen, das Gesamtpaket "*Madame Renard*"? Sie entledigte sich ihrer Businesskleidung und der Dessous, die sie im Alltag ebenso gern trug wie Halterlose. Sie fühlte sich sexy und begehrenswert damit. Manchmal legte sie es darauf an, dass ein Spitzenrand unter dem Kleidersaum hervorblitzte. Das war die andere Seite ihrer bewusst gewählten Aura im Unternehmen.

Zuerst schlüpfte sie in den Rock, der diese Bezeichnung nicht wirklich verdiente. Selbst als er straff auf den Hüften saß, bedeckte er nur unzureichend ihren Po. Nachdem sie die seitlichen Schnürungen enger gezogen hatte, legte sie die Unterbrustkorsage an. Wie weich sich das Leder auf der Haut anschmiegte!

"Wow!", dachte sie nach dem ersten Blick in den Spiegel. Alle Rundungen waren hervorragend in Szene gesetzt, ohne dass sie sich eingeengt fühlte. Wie konnte eine Frau ihres Alters so aufregend aussehen! Noch war das Outfit nicht komplett. Aus der hintersten Ecke ihres Kleiderschrankes holte sie ein fast vergessenes Paket. Schwarzes Lackleder, die Pfennigabsätze nicht zu hoch, dafür der Stiefelschaft umso länger. Wieder einmal zahlte sich ihr Prinzip aus, sich auf wenige Farben zu beschränken und Qualität zu bevorzugen. Sie drehte sich nach allen Richtungen, reckte Brust und Hintern raus, warf die lange Mähne in den Nacken und flirtete mit sich selbst. Langsam kroch die Erregung in ihr hoch, der sie heute nicht nachgeben würde. Sie strich über ihre bereits erwartungsvoll harten Nippel und genoss die Vorfreude. Es würde ihn umhauen!

Ihm hatte sie genaue Anweisungen gegeben. Keine Spitzenunterwäsche, aber unbedingt Halterlose, ein Kleid und die Pumps vom Foto, das er selbst vor einem Spiegel gemacht hatte, keine Schminke. Sie wollte ihn als Mann in Frauenkleidung, aber keine Trashqueen. Schon verrückt, welche Wege Fantasien in die Realität nehmen konnten.

Er wünschte sich, dass sie einen Schwanz trug. Es war ein *running gag* zwischen ihnen geworden, dass er ihren französischen Zopf so nannte. Sollte sie ihm diese Bitte erfüllen? Ihr war eher nach Widerstand, schon um ihre Rolle klar herauszustellen. Ihre Rolle. Darüber dachte sie immer wieder nach. Wie sie diese mit Leben füllen konnte, ohne ins Lächerliche oder Primitive abzudriften. Verbalerotik war nicht gerade ihre Stärke, für dieses Szenario aber unerlässlich. Wie demütigt man, ohne zu verletzen, wenn man sich erst so kurz kennt? Wäre Demütigung überhaupt richtig? Wie lange würde sie ihn warten lassen können auf das, was er sich so sehr wünschte? Wie schnell würde sie agieren müssen, um für beide eine erotische Grundstimmung zu halten? Würde sie mit den neuen Spielzeugen klar kommen? Würde er genießen können, wovon auch er bisher nur fantasiert hatte?
Sie sah Bilder und kurze Filmabrisse vor ihren Augen. Ihr Eintreffen im Hotelzimmer, noch im Mantel, er mitten im Raum stehend mit erwartungsvollen Augen. Würde sein vor Aufregung nicht zu bändigender Phallus seinen Auftritt beschädigen? Sie hoffte es fast. Was würden seine Augen widerspiegeln? Stolz? Scham? Später sah sie sich entspannt im Sessel sitzen, er stand vor ihr, präsentierte sich, führte vor, entblößte schamhaft, was nicht mehr zu übersehen war. Würde sie ihm die äußere Hülle seines fremden Wesens lassen, gleichzeitig Schutz und Bürde? Das nächste Traumbild war nicht hüllenlos, was seinen besonderen Reiz für sie ausmachte. Dieses Bild! Ihr Atem ging schwerer, ihr Herz schlug schneller, wenn sie ihren inneren Film weiterspann. Ganz leise kamen die Gefühle nach vorn, denen sie noch nie hatte Raum geben können. Wie würde es sein, die Spirale immer weiter zu drehen, ohne sich darin zu verlieren? Würde sie die Waage zwischen angebrachter und gefährlicher Gier halten, die Grenzen erkennen können? Würde ihre sadistische Lust auch seine sein? Konnte seine Gier auch ihre sein?

(4)

Ein letzter Blick in den Spiegel. Der streng geflochtene Zopf, Stiefel und Netzstrümpfe sprachen auch ohne die unterm Trenchcoat verborgene Lederkluft eine sehr deutliche Sprache. Fertig!

Unerkannt gelangte sie zum Hotellift und fuhr ohne Begleitung ganz nach oben. Der Trenchcoat lag locker über ihrem Arm, als sie an die Tür klopfte. Nachdem er öffnete, trat sie durch den schmalen, dunklen Eingangsbereich und übergab im Vorbeigehen ihren Mantel. Die Spannung war nahezu greifbar, als sie sich gegenüber standen und gegenseitig musterten. Seine Augen waren riesig vor Aufregung. Er wollte ihr unbedingt gefallen, weil sie sich als erste darauf eingelassen hatte, ihn in dieser Rolle zu akzeptieren. Die schmale Brust hob und senkte sich schnell unter der schwarzen Korsage. Verlegen strich er mit den behandschuhten Fingern eine Strähne der schwarzen, kinnlangen Perücke zurück. Auf ihre rotierende Handbewegung hin drehte er sich auf den roten Lackpumps wie ein Model um die eigene Achse und sah sie wieder erwartungsvoll an. Seine schlanken Beine waren von schwarzen Nylons überzogen und endeten unter einem Minirock im roten Schottenkaro. Er sah einfach hinreißend aus.

„Wow.", war das erste, was über ihre Lippen kam. „Wow. Du siehst klasse aus!" Sie ging auf ihn zu und um ihn herum. Sein Gesicht passte perfekt, war nicht zu männlich und doch maskulin genug. Wie erwartet, hob sich sein harter Ständer unter dem Rock und offenbarte, dass die Nylons von Strapsen gehalten wurden.

„Heiß!", knurrte sie und fuhr mit ihrer flachen Hand an seinen Schenkeln nach oben. Er lächelte schüchtern und das holte sie in ihre Rolle zurück. Fest umfasste sie seinen Schwanz und wichste ihn hart.

„Sieh mich an!", befahl sie ihm, als er die Augen schließen wollte, um ihre Behandlung zu genießen. Sein Atem ging heftiger, je heftiger sie ihn wichste. Seine Augen flackerten vor Lust, bis sie von ihm abließ und auf einem der Ledersessel

Platz nahm. Er war aufmerksam genug, ihr ein Glas Rotwein einzuschenken.
Sie sah sich um und entdeckte die Utensilien, die er zurechtgelegt hatte. Sie war von den Fotos, die sie getauscht hatten, schon vorbereitet. Doch diesen Strap-on in natura zu sehen, ließ sie schlucken. Das Teil sollte … boa! Wie groß musste sein Vertrauen sein, ihr als völlig Unerfahrenen eine solche Aufgabe zuzutrauen. Aber es machte sie auch an. Sie fühlte seine Erwartung, seine Gier, wie er da so vor ihr stand. Seine Augen lagen auf ihrer Erscheinung, saugten auf, war er sah. Sein zuvor leicht abgeschlaffter Schwanz hob sich wieder. Sie löste den Knoten des dünnen Chiffonschals, der statt einer Bluse ihre großen Titten bedeckte und beugte sich etwas nach vorn. Er stöhnte vor Erregung und ging vor ihr auf die Knie, traute sich aber nicht, sie zu berühren.
„Du darfst sie küssen und streicheln.", erlaubte sie ihm. Noch immer trug er die seidigen Handschuhe und strich damit leicht von ihrer Taille aus nach oben, bevor er zu den dunklen Höfen schwenkte. Sie genoss seine Hingabe, als er seine weichen Lippen darum schloss und zärtlich daran knabberte. Ein anderer vermochte damit Stromstöße bis in ihren Schoß zu senden.
„Genug jetzt! Geh da hinüber und knie dich hin!" Sie zeigte auf das Bettende, das dem großen Wandspiegel gegenüber lag.
„Soll ich nicht erst den Rock ablegen?"
„Oh nein, der bleibt an! Die Handschuhe kannst du ausziehen, bevor du sie einsaust. Aber vorher wirst du mir helfen."
Sie hatte noch nie einen Strap-on getragen und schon gar nicht so ein Riesending. Er ging wieder auf die Knie, hielt ihr die Gurte so, dass sie bequem einsteigen konnte, und schloss sie fest genug auf ihren Hüften. Es fühlte sich gut an, ihm mit diesem Riesengummischwanz gegenüber zu stehen.
Er fraß sie fast mit den Augen. „Gott siehst du geil aus! So habe ich es mir gewünscht. Absolut scharf!"
Sie hob nur kurz das Kinn. Gehorsam begab er sich vor ihr auf das Bett und ging auf allen Vieren in Stellung. Sie nahm ein paar schwarze Latexhandschuhe aus der Großpackung und zog sie so über, dass er am Schnippen des Materials auf ihrer Haut hören konnte, was sie tat. Beim Gedanken daran, was sie vorhatte, wurde sie richtig geil. Sie bediente sich ausgiebig am

Schmiermittel und trat dicht hinter ihn. Es war ein irres Bild, ähnlich dem, das sie vor sich gesehen hatte und doch ganz anders, weil real. Da kniete ein Mann in Rock und Strapsen vor ihr, der sich nichts sehnlichster wünschte, als auf extreme Weise in den Arsch gefickt zu werden. Sie wollte sicher gehen.
„Du sagst sofort Bescheid, wenn etwas schief läuft?!"
„Ja, mach schon. Ich kann was ab.", keuchte er.
Sie schlug den Rock hoch und träufelte Gleitgel zwischen seine Backen. Großzügig verteilte sie die glitschige Masse, gewöhnte ihn an die Berührung und fing langsam an, ihm die Rosette zu massieren. Manchmal strich sie mit den Daumen auch kräftig nach unten über seinen Damm, um nicht alle Sinne auf nur eine Stelle zu konzentrieren. Vorsichtig versuchte sie, mit einem Finger einzudringen, rutschte bis zum ersten Fingergelenk und zog sich wieder zurück. Sie arbeitet konzentriert, hörte auf seine Atmung und sprach mit ihm. Nach dem ersten folgten die nächsten Finger, die ihn immer weiter dehnten. Als sie den Daumen dazu nahm, verließ sie der Mut, ihm die ganze Faust einzuführen. Er drückte ihr seinen Hintern verlangend entgegen, doch war der Widerstand wesentlich größer als zuvor, den die ganze Hand zu überwinden hatte. Sie reizte und dehnte ihn, drang aber nicht weiter ein, als es ihr Gefühl für seinen Körper erlaubte. Diese Grenze würde sie ein anderes Mal überschreiten, für heute war sie schon ein sehr großes Stück gegangen.
„Das ist so geil!", stöhnte er aus den Kissen, die er unter seiner Brust zusammengeknüllt hatte.
„Nächstes Level?", fragte sie.
„Ja! Bitte!", bettelte er förmlich.
Vorsichtig zog sie sich aus ihm zurück und nahm eine große Portion aus dem Topf. Fast liebevoll schmierte sie den unterarmdicken Gummischwanz damit ein. Sie ließ sich Zeit, kostete seine Erwartung richtig aus und fühlte die Macht, die sie in diesem Moment innehatte. Da war sie zum ersten Mal, Madame Renard, die Femdom. Zaghaft noch in der Behandlung des Subs, auf jeden Fall berauscht und begierig, ihn leiden zu lassen und ihm gleichzeitig damit große Lust zu verschaffen.
Wieder trat sie hinter ihn. Mit der Spitze des Strap-on fuhr sie an der Innenseite seines Schenkels nach oben und wischte noch

einmal mit dem glitschigen Handschuh darüber. Dann setzte sie ihn an seine Rosette.
„Bereit?"
Statt zu antworten, bewegte er sich auf das Monsterteil zu. Sie hielt dagegen und begann ganz langsam, in zu penetrieren. Immer weiter rutschte der Gummischwanz, während sich animalischen Geräusche Bahn brachen. Sie konnte es kaum fassen, er empfand tatsächlich eine unbändige Lust bei dieser Behandlung. Erst vorsichtig, dann immer losgelöster begann sie, ihn zu ficken.
„Wie fühlt es sich an, so aufgespießt zu sein?"
„Geil, einfach nur geil. Du machst das gut, mach so weiter."
Sie stützte sich auf seinem Becken ab und bewegte ihre Hüften. Es machte sie stolz, es machte sie an, es machte sie immer geiler, doch verlor sie nie die Beherrschung. Dafür war sie sich der Verletzungsgefahr viel zu bewusst.
„Fass dich an.", erlaubte sie ihm, denn sonst würde er nicht kommen können.
„Danke.", stöhnte er wieder und führte seine rechte Hand zwischen seine Beine. Er wichste wie besessen und sie fickte ihn in den Arsch, bis er schreiend und am ganzen Körper zuckend endlich zum Orgasmus flog.

Ganz langsam zog sie den Gummischwanz aus ihm und legte ihn ab. Sie setzte sich in den Sessel, trank Rotwein und hätte gern das Gesicht vom Gespenst nach dieser Session gesehen. Ob er stolz auf sie wäre?
Der Mann, der da vor ihr in den Kissen versuchte, wieder in die Realität der anonymen Großstadt zurück zu finden, würde sie nie wieder berühren.

Der Rohdiamant

Jack.
Sein Wunsch war eine Vision, die er schon seit Ewigkeiten in seinem Kopf hatte. Es gab Varianten, doch die wichtigsten Komponenten waren immer die gleichen. Irgendwann hatte er ihr davon erzählt, zu seinem eigenen Erstaunen. Er hatte kaum zu hoffen gewagt, dass sie es akzeptieren, geschweige denn verstehen könnte. Doch wieder einmal hatte sie ihn überrascht. Sie. Lena. Seine Zweit- oder Dritt- oder doch Viertfrau? Darüber machte er sich keine Gedanken, wirklich nicht. Er liebte Sex. Er liebte es, eine Frau soweit zu bringen, dass sie sich ihm völlig hingab. Er liebte es, wenn er das Gefühl hatte, dass er der erste war, der ihrem Körper gab, wonach er sich schon unendlich lange sehnte. Er liebte es, sie an ihre Grenzen zu bringen, immer mehr zu fordern und zu sehen, wie sie mit seinen Forderungen wuchs.
Lena war gewachsen. Er dachte manchmal an die ersten, biederen Fotos in weißer Spitzenwäsche, die sie auf ihrem Profil veröffentlicht hatte. Nach solchen Frauen suchte er. Ende Vierzig, dann konnten sie ihm nicht gefährlich werden. Sie wussten, was sie wollten: einen Lover, gut gebaut, ausdauern, fantasievoll. Sie waren selbstbewusst, unabhängig und hungrig, Rohdiamanten, die er nach seinen Vorstellungen schleifen konnte. Lena war solch einer gewesen. Das Glitzern von damals war einem Leuchten gewichen, sie war aus ihrem eigenen Schatten getreten, Dank ihm. Noch waren nicht alle Facetten geschliffen, das wusste er inzwischen. Immer weiter verschob sie ihre Grenzen. Deshalb war sie schon so ungewöhnlich lange eine seiner Gespielinnen, denn mit ihr blieb es spannend.
Sie hatte alles organisiert, das hatte er ihr gern überlassen. Seine Bedingungen waren klar formuliert und sie würde sich daran halten. Ob er sich daran halten wollte, da war er noch nicht sicher. Abwarten.
Er bog auf den Parkplatz des Hotels ein und stellte den Wagen ab. Noch eine rauchen. Etwas nervös war er doch. Große Brüs-

te, hatte sie versprochen. Kräftig aber nicht fett. Seit Ewigkeiten keinen Mann. Das war es, was ihn auf Touren brachte. Er würde der alten Lady ein Geschenk machen, sie zurück ins Leben holen, wie er es nannte. Er wurde hart, wenn er nur daran dachte. Am liebsten wäre er sofort zur Tat geschritten, doch Lena hatte eine kleine Inszenierung vorgeschlagen. Um der Lady etwas Sicherheit zu geben, wie sie es nannte. Frauen! Am Ende würde er sie ficken, deshalb waren sie schließlich hier.
Er betrat die Lobby und wandte sich nach rechts, zur Bar. Schon vom Eingang aus konnte er die beiden am Tresen sitzen sehen, Lena ihm zugewandt. Von der Lady sah er genug. Sie saß sehr gerade auf dem Barhocker, das dunkle Kleid spannte heftig über dem bemerkenswerten Hinterteil. Beim Gedanken daran, was er damit anstellen würde, musste er schlucken. „Ruhig, Jack!", ermahnte er sich. Er wollte sie nicht mit gierigem Blick verschrecken, also atmete er tief durch und ging gemessenen Schrittes auf die beiden zu. Als Lena ihn entdeckte, legte sie ihre Hand beruhigend auf die der Lady und strahlte Jack an.
„Guten Abend! Darf ich dir Jack vorstellen? Jack, das ist Renate."
Neugierig und fast ein wenig trotzig schaute Renate ihn an: "Hallo Jack, schön dich kennenzulernen." Sie reichte ihm die Hand. Jack erinnerte sich, wie begeistert Lena damals bei ihrem Kennenlernen war und gab Renate einen Handkuss.
„Guten Abend Renate. Lena hat deutlich untertrieben, du bist eine attraktive Frau." Das war kein hohles Kompliment. Für ihre geschätzten siebzig Jahre sah Renate umwerfen aus. Ihre großen Brüste wurden von keinem BH eingefangen, sondern wogten bei jeder Bewegung leicht unter dem Kleid. Der silbergraue Bob war akkurat geschnitten und umrahmte ein interessantes Gesicht, in dem Lebenserfahrung, Neugier und Scheu zu lesen waren. Anerkennend nickte Jack Lena zu. Er konnte förmlich sehen, wie die größte Anspannung von ihr abfiel. Auch ihm fiel ein Stein vom Herzen. Er war ein Risiko eingegangen, als er sich vorab keine Bilder angesehen hatte. Jack bestellte ein, nein, kein Bier, das hatte ihm Lena vorgeschlagen. Ein Herrengedeck war die Alternative, auf die sie sich geeinigt hatten. Er stellte sich zwischen die beiden Frauen,

während Lena das Gespräch locker aufrechterhielt. Jack hatte Zeit, Renate zu beobachten. Ihre Finger strichen immer wieder am Weinglasstiel auf und ab, sie trank häufig in kleinen Schlucken und wandte ihre neugierigen Blicke ab, wenn sie sich ertappt fühlte. Ganz nach seinem Geschmack.

Renate.
Sie wollte runter von diesem Barhocker, auf dem sie sich fühlte wie eine Sklavin auf dem Markt. Jack versuchte zwar, seine Neugier zu verstecken, doch ihr entgingen seine Blicke nicht. Fehlte nur noch, dass er sie den Mund öffnen ließ, um ihr Gebiss zu kontrollieren. Bei diesem Gedanken musste sie lächeln. Sie hatte es doch so gewollt, oder? Als sie die Anzeige zum ersten Mal gelesen hatte, war sie sofort darauf angesprungen.

Endlich wieder fremde Haut?
Du bist eine reife SIE über 50 und willst endlich wieder fremde Haut spüren? Schon ewig allein, vernachlässigt, aber in dir schlummern Wünsche, die erfüllt werden wollen? Noch einmal das Kribbeln vor einem Date spüren? Endlich mal was ganz Verrücktes nur für DICH machen? Egal ob du nach allen Regeln der Kunst von unserem erfahrenen ER verwöhnt werden oder eine ganz spezielle Phantasie umsetzen willst, dir ein Spiel zu zweit oder zu dritt vorstellst oder einfach nur neugierig auf das Besondere bist: WIR attraktiv, gesund und diskret bieten DIR ein erotisches Abenteuer ohne Verpflichtung. Nach einem Treffen auf ein Glas Wein oder eine Tasse Kaffee mit unserer SIE wirst du entscheiden, wie weit du gehen möchtest. Trau dich, deine Träume jetzt zu leben!

Endlich wieder fremde Haut spüren. Trau dich, deine Träume jetzt zu leben. Da hatten sie völlig Recht. Beides wollte sie. Dass sie zuerst mit ihr Kontakt haben sollte, kam ihr entgegen. Unter Frauen war es einfacher, über Wünsche und Bedenken zu sprechen. Sie erinnerte sich an das erste Treffen mit Lena, an ihre offene und gleichzeitig zurückhaltende Art. Renate sollte nicht zu etwas überredet werden, sondern ihre Wünsche waren wirklich wichtig. Sie fühlte sich gut in Lenas Gesellschaft, auch als es um die intimen Details ging. Lenas Sprache

war direkt, aber nicht obszön. Sie hatte sich viele Gedanken gemacht. Renate konnte daraus erkennen, dass es ein besonderes Abenteuer sein würde, bei dem sich alle drei gut fühlen sollten.
Und nun saßen sie hier. Lena hatte Jack gut beschrieben. Charismatisch, ohne aufdringlich zu wirken. Sein Lächeln signalisierte ihr, dass er ihr geben wollte, was Lena versprochen hatte. Ihre Erregung stieg. Sie rutschte auf dem Hocker etwas nach vorn, um sich zu entspannen. Ihr Kleid blieb hängen, so dass der Spitzenrand der Halterlosen hervorblitzte. Jack zog die Luft ein und sah ihr direkt in die Augen. Bestimmt legte er seine Hand auf ihr Knie und wanderte langsam nach oben, als wollte er sein Revier in Besitz nehmen. Sie hielt seinem Blick stand.
„Hmmm", raunte Jack. Mehr nicht. Doch das und seine Hand auf ihrem Schenkel reichten aus, ihren gesamten Körper in Schwingung zu versetzen. Sie spürte, wie sich ein heißer Knoten in ihrem Bauch bildete, wie ihre Brüste straffer wurden und ihre Knie sich voneinander entfernen wollten.
„Geh!", forderte sie Jack mit festem Blick und einer winzigen Kopfbewegung auf. Er nahm seine Hand weg und wendete seine volle Aufmerksamkeit Lena zu. Renate rutschte vollends vom Hocker, drehte sich zum Ausgang und ging los. Klack, klack, klack. Ohrenbetäubend kamen ihr die Geräusche ihrer hohen Pumps auf dem Parkett vor. Klack, klack, klack lief sie trotzdem mit durchgedrücktem Rücken bis zum Aufzug. Als sie nach oben fuhr, dachte sie an das, was passieren würde. Wollte sie das wirklich? Noch konnte sie aussteigen, sich verabschieden und diese Gelegenheit ziehen lassen. Nein. Konnte sie nicht. Sie wollte mehr als eine Hand auf ihren Strümpfen, mehr als feuchte Fantasien im Kopf. Heute wollte sie leben, spüren, verführt werden, sich hingeben, den Kopf ausschalten, genießen. Sie vertraute Lena, dass ihre Absprachen eingehalten werden würden und sie vertraute nach so wenigen Minuten auch Jack.

Die Suite wurde von gedimmtem Licht in eine entspannte Atmosphäre getaucht. Renate bediente sich am Champagner, bevor sie ihr Kleid auszog und ordentlich auf einen Bügel hängte. Darunter trug sie nur die Halterlosen und Pumps. Das war Lenas Anweisung gewesen. Langsam ging sie durch die Flügeltür der Suite zu dem riesigen Bett hinüber. Auf dem Nachttisch lag die schwarze Augenbinde. Wenn sie diese anlegte, würde sie, wie verabredet, damit signalisieren, dass sie alles Weitere Jack und Lena überlassen wollte. Wollte sie das? Sich völlig in die Hände dieser beiden fast Fremden geben? Ja, genau das wollte sie jetzt. Spüren, ohne nachzudenken. Sie legte sich auf das Bett und schlang den Seidenschal um ihren Kopf. Dann wartete sie.

Lena.
Lena sah, wie seine Augen vor Erregung leuchteten. Sie hatte nicht zu viel versprochen, das wusste sie. Ursprünglich wollte sie ihm nur behilflich sein, seinen uralten Traum wahr zu machen. Je länger sie darüber nachgedacht hatte, umso aktiver war ihre Rolle geworden. Sie würde heute Nacht zwei Fantasien verbinden können. Renate war zu viel mehr bereit, als Jack sich das jemals erträumt hatte, doch das würde sie ihm nicht verraten. Geheimnisvoll lächelte sie ihn an.
„Lass ihr noch etwas Zeit. Du hast mich damals auch warten lassen, bis ich so was von bereit für dich war."
Er grinste zurück und hob eine seiner Augenbrauen.
„Stimmt. Dein Slip war schon klatschnass, bevor ich dich auch nur angerührt hatte, kleines Luder."
Sie nahmen ihre Gläser und gingen zur Raucherlounge hinüber. Jack hatte es so eingerichtet, dass Lena vor ihm lief. Sie schwang ihre Hüften absichtlich. Einige der Herren in der Bar schauten ihr aufmerksam nach. Jack war stolz darauf, sie als Gespielin zu haben. Nachdenklich und erwartungsvoll rauchten sie schweigend nebeneinander. Bei dem Wissen, dass auch sie nichts außer Strümpfen unter Bluse und Rock trug, wurde es Jack reichlich eng in der Hose.
„Du geiles Biest!", knurrte er und trat ganz nah von hinten an sie heran. Lena ließ ihre Hand nach unten gleiten und massierte seinen Schritt.
„Sie ist inzwischen bestimmt ganz feucht und du bist hart. Dann solltest du zu ihr gehen!", schnurrte sie.
„Na warte, wenn ich mit ihr fertig bin, bist du dran!", antwortete Jack.

„Drohung oder Versprechen?", konterte Lena, als sie sich zu ihm umdrehte und einen Kuss auf seine Lippen hauchte.
„Wir werden sehen." Jack drückte die Zigarette aus und verließ die Lounge.
Lena ging zurück zur Bar und bestellte sich ein zweites Glas. Sie malte sich aus, wie Renate sich Jack präsentierte: mit verbundenen Augen, die Beine aufgestellt und leicht gespreizt. Jack würde vorsichtig, aber bestimmt, mit ihr umgehen, so wie damals mit ihr. Sie ließ den beiden Zeit und dachte über ihren gemeinsamen Weg mit Jack nach. Noch vor einigen Monaten hätte sie sich eine solche Nacht wie diese nicht vorstellen können. Jack einer anderen Frau zu überlassen? Eifersucht auf die Zeit, die er jener widmete und die Lena verloren ging, Eifersucht auf seine Zärtlichkeit, die er nicht ihr schenken würde, wären die Folge gewesen. Doch Jack hatte sie langsam herangeführt. Lena hatte erstaunt festgestellt, dass da noch andere Wünsche in ihr schliefen, die sachte geweckt wurden. Plötzlich war es kein Horror mehr, sondern erregend, sich vorzustellen, Jack beim Sex zuzuschauen. Je weiter Lena diesen Gedanken spann, umso tiefer, dunkler, dominanter wurde ihre Rolle. Ein wenig erschrak sie vor der Seite, die da in ihr erwachte. Gleichzeitig faszinierten sie die Szenen, die sich in ihrem Kopf einnisteten. Als Jack ihr eines Tages seinen Wunsch verriet, war das Feld längst bestellt. Sein Versprechen: „Du wirst die Hauptfrau sein, sie ist nur Mittel zum Zweck. Es wird alles so geschehen, wie du es möchtest, du hast das Sagen, du entscheidest!" war letztendlich ausschlaggebend dafür, dass Lena aktiv nach einer passenden Frau suchte. Passend für Jack, passend aber auch für Lena. Sie trank das Glas aus und verließ die Bar.

Lena öffnete leise die Tür zur Suite und trat ein. Während sie ihre Bluse öffnete und von ihren Armen gleiten ließ, ging sie Richtung Schlafbereich, aus dem eindeutige Geräusche zu hören waren. Lena lächelte. Sie streifte ihren Rock von den Hüften und nahm in einem Sessel Platz, der ihr die beste Sicht auf das Bett und das, was darauf geschah, bot.
Renate lag auf dem Rücken, die Beine noch immer aufgestellt, zwischen denen Jacks Kopf verschwunden war, und stöhnte. Sie hatte ihre Hände ins Laken gekrallt und hob Jack ihr Be-

cken rhythmisch entgegen. Die schmatzenden Geräusche zwischen ihren Beinen verrieten, was Jack dort gerade tat. Er lag auf den Knien und hatte einen Arm aufgestützt. Mit der freien Hand erzeugte er ebenfalls diese Geräusche. Er leckte und fingerte Renate gleichzeitig. Am zunehmend lauter werdenden Stöhnen ließ sich unschwer erkennen, dass sie kurz vor einem Höhepunkt stand. Lenas Atem beschleunigte sich. Live die beiden Menschen in diesem intimen Augenblick beobachten zu dürfen, ohne ihre voyeuristische Neigung verstecken zu müssen, ließ eine Ameisenarmee über ihre Haut marschieren. Da war keine Eifersucht, sondern einfach nur Lust. Es erregte sie enorm, zuzuschauen und sich in Renates Lage zu versetzen. Sie wusste ja, wie geschickt Jack auf der Klaviatur eines weiblichen Körpers zu spielen verstand und sie gönnte Renate diese Erfahrung.
Renate kam, mit leisen, spitzen Schreien. Jack hob langsam seinen Kopf und schaute stolz zu Lena, als wollte er sagen: „Schau her, ich habe sie so weit gebracht, dass sie schreit!" Lena nickte leicht, was er auch als Aufforderung zum Weitermachen verstehen konnte. Sein Kopf tauchte wieder ab, um sein Werk fortzusetzen. Lena war das nur Recht. Sie betrachtete Jack. Dieser Ausblick war ihr sonst so nie vergönnt. Vor allem von seinem straffen Hintern fühlte sie sich magisch angezogen. Durch die kniende Position waren seine Backen leicht gespreizt, was einen ungeheuren Reiz auf Lena ausübte, wie sie sich selbst verblüfft eingestand. Sie wollte dem Impuls schon nachgeben, als Jack die Lage veränderte.

Jack rutschte rückwärts vom Bett und stellte sich davor. Er fasste unter Renates Kniekehlen, zog sie ruckartig zur Kante und dreht sie auf den Bauch.
„Zeig mir deinen geilen Arsch!"
Sein Schwanz stand steil nach oben, er war heiß und hart, knochenhart. Er wollte eintauchen in dieses alte Loch, wollte seinen Traum endlich wahr werden lassen. Renate kam auf die Knie und schob ihm ihren Hintern entgegen. Jack packte ihre Hüften und zog sie noch näher heran. Er sah aus den Augenwinkeln, dass Lena zu ihm getreten war. Wollte sie seinen Triumph miterleben? Ihm war es fast unangenehm, diesen – seinen

– Augenblick mit ihr zu teilen. Andererseits gefiel ihm, dass sie dabei sein und live erleben würde, wie er die nächste Frau mit seinem Schwanz beglückte. Ja, das war ein zusätzlicher Kick! Jack fasste Renates Hüften noch fester und brachte sich in Position. Seine pochende Spitze berührte die rosigen, glänzenden Lippen.

„Willst du dass ich dich so richtig ran nehme?"

„Ja!", jammerte Renate leise.

„Ich habe dich nicht verstanden. Soll ich dein altes Loch endlich mal wieder vögeln?"

„Ja, bitte! Fick mich, Jack, bitte, bis ich nicht mehr kann!"

Mit nur einem Stoß war er tief in ihr. Warm. Nass. Eng. Renate hatte aufgeschrien. Vor Überraschung und vor Lust, denn sie war nicht zurückgezuckt, sondern presste ihren Prachtarsch fest gegen seine Lenden. Jack war wie benebelt und stieß zu, immer wieder. Er war in seinem Element, beobachtete die Frau vor ihm, wie sie sich wand vor Lust. Nicht mehr lange, und er würde abspritzen müssen. Viel zu früh, er wollte es viel länger auskosten.

Eine Berührung lenkte ihn ab. Lena war hinter ihn getreten, genau im richtigen Moment. Er spürte ihre Nippel an seinem Rücken und ihre Scham an seinem Hintern. Ihre Hände hatte sie auf seine Hüften gelegt und gab ihm zu verstehen, sein Tempo zu drosseln. Jetzt gab sie den Rhythmus vor, wie es abgesprochen war. Es fiel Jack schwer, sich auf ihr Tempo einzulassen, Fahrt heraus zu nehmen. Andererseits fand er es faszinierend, wie sie mit seinen Hüften quasi Renate fickte. Langsam, viel langsamer als er es getan hätte. Sie hielt nach jedem Stoß inne, als wollte sie nachspüren, was er auslöste. Jack hörte Renate stöhnen, ihr schien es zu gefallen. Mit jeder Vorwärtsbewegung drückte sich Lena fester gegen seinen Hintern, als wollte sie mit ihm verwachsen. Sie schob ihn immer tiefer in Renate. Bis zum Anschlag war er jetzt in ihr und berührte mit seiner dicken Eichel das Innerste.

„Ist das geil!", entfuhr es ihm. „Fühlst du meinen Schwanz, wie er dich aufspießt, du gieriges Luder?"

„Oh Gott ja, mach weiter Jack, mach weiter!", keuchte Renate vor ihm in die Laken.

Wenn das überhaupt möglich war, wurde sein Schwanz noch härter. Er ließ alle Hemmungen fallen und wollte nur noch diese alte Lady vor ihm zum Fliegen bringen.
„Fick die alte Fotze! Fick sie, Jack!", raunte Lena hinter ihm. Das war der berüchtigte Tropfen, der seinen Sack zum Überlaufen brachte. Umgehend kam er Lenas Befehl nach. Er hämmerte gnadenlos seinen Prügel in das nasse Loch, so wie er es schon tausende Male vor seinem inneren Auge gesehen hatte. Renate stöhnte und wimmerte. Es turnte ihn an und es war ihm egal, wie es ihr dabei ging. In diesem Moment war nur seine Lust wichtig. Er fühlte, wie die Säfte sich sammelten, wie er den Punkt erreichte, an dem ein Abbruch unmöglich wurde. Er hatte längst alles andere ausgeblendet und wartete auf die Explosion. Mit einem animalischen Schrei entließ er die ganze Kraft seines Orgasmus´ und verströmte sich endlich zuckend und noch immer stoßend. Danach war er völlig erledigt und ließ sich einfach neben Renate auf das Bett sinken.

Lena war fasziniert. Sie hatte soeben hautnah miterlebt, wie Jack sich an Renate aufgegeilt und restlos verausgabt hatte. Er lag auf dem Rücken, hatte einen Unterarm über die Augen gelegt und atmete schwer. Der war für eine Weile außer Gefecht. Renate kniete noch immer auf allen Vieren und stöhnte leise vor sich hin, während sie mit einer Hand ihre Mitte bearbeitete. Lena wusste, dass Jack schneller als sie gewesen war. Besser konnte es gar nicht kommen.
„Rutsch ein Stück nach vorn und mach dich lang!"
Renate krabbelte träge in Richtung Bettmitte, ließ sich fallen wie ein gestrandetes Walross, drehte sich auf den Rücken, stellte ihre Beine auf und griff sich dazwischen. Lena sah, wie sie die geschwollenen, klatschnassen Lippen teilte und ihren Finger eintauchten ließ.
„Hände weg, Süße! Oder hat dir jemand erlaubt, dich selbst zu ficken?" Die Stimme war freundlich und streng zugleich. Langsam wurde die Hand zurückgezogen.
„Zeig mir deine Titten!" Die Hände wanderten nach oben und umfassten die Fleischberge von der Seite, drücken sie zur Mitte, so dass die dunkeln Spitzen nach oben standen.
„Leck deine Nippel!"

Das war im Liegen nicht so einfach, deshalb hob Renate, die noch immer die Augenbinde trug, ihren Kopf und suchte nach den Knospen. Sie drückte ihre Brüste weiter nach oben und fuhr mit der Zungenspitze darüber, bis sie die steifen Spitzen fand. Immer wieder umkreiste sie sie abwechselnd.

Aus Lena war endlich die noch unerprobte Seite hervorgebrochen. Es erstaunte sie, wie willig die Frau vor ihr ihren Befehlen folgte. Berauscht von dem, was da in ihr brodelte und von dem Bild, das sich ihr bot, kostete sie diesen Moment weiter aus.

„Mach die Beine breit! Noch weiter!"

Die Bewegung von Renate trug einen Duft in Lenas Nase, den sie nur zu gut kannte. Herb und intensiv nach Sex. Lena kniete sich vor das Lustzentrum und schloss für einen Moment die Augen, um sich diesem Geruch ganz hinzugeben. Langsam senkte sie den Kopf der Quelle entgegen, ohne Renate zu berühren. Als sie die Wärme der fremden Haut spürte, öffnete sie die Augen und sah die pulsierende Scham der anderen Frau ganz nah vor sich. Langsam troff eine Mischung aus Jacks Saft und dem Eigensaft von Renate aus deren Spalte. Dieser Nektar gehörte Lena. Sie begann ganz sacht, ihn von unten nach oben abzulecken. Wie zufällig fuhr sie dabei über die Perle, die sich ihr entgegenreckte und sie registrierte, wie die Besitzerin zusammenzuckte und aufstöhnte. Langsam teilte Lena die prallen Lippen, schleckte die Nässe heraus und fuhr bei jedem Mal tiefer in die warme, feuchte Höhle. Sie nahm ihre Hände zu Hilfe, um die Spalte zu öffnen und ihre Zunge noch tiefer eintauchen zu können. Quälend langsam strich sie immer wieder durch das erregte Tal, bedachte und vergaß die Perle, achtete aber darauf, dass Renate nicht zum Höhepunkt kam, sondern auf einem hohen Level ohne Erlösung blieb. Lena genoss die Macht, die sie empfand, in vollen Zügen. Jetzt konnte sie verstehen wie Jack sich fühlte, wenn er sie zappeln ließ. Sie würde sich das merken. Sie ließ jetzt Renate zappeln, indem sie aufstand und zu der kleinen Spielzeugkiste ging, die sie auf dem Tisch deponiert hatte. Sie holte einen Latexhandschuh heraus und streifte ihn über. Wie erwartet wand sich der Kopf mit der Augenbinde diesem Geräusch zu.

„Oh Gott!", stöhnte Renate zugleich erschrocken, erwartungsvoll und lüstern.
Lena griff sich die Dose mit dem Schmiermittel, drehte den Deckel auf und legte ihn geräuschvoll auf dem Tisch ab. Sie begab sich wieder zwischen Renates Schenkel und begann ausgiebig, die Latexhand einzufetten. Sie ließ sich Zeit, damit Renate sich auf das einstellen konnte, was folgen würde, oder um es abzubrechen. Das Zittern der aufgestellten Schenkel verriet eher gespannte, geile Erwartung denn Abneigung und Lena war froh darüber. Das würde die Erfüllung ihres frivolen Traumes werden! Wieder griff sie in die Dose und entnahm eine große Portion des glitschigen Inhalts. Aufreizend umsichtig verteilte sie alles großzügig auf den prallen Lippen, am Eingang der Spalte und strich bis zum Anus hinunter. Im Kerzenlicht glänzte das gesamte Spielfeld vor ihr einladend, und sie ließ sich nicht länger bitten. Mittelfinger und Zeigefinger bahnten sich ihren glitschigen Weg in Renates Lustgrotte, verschwanden, tauchten wieder auf, massierten und erkundeten das Terrain in ruhigen Zügen. Nach und nach gesellten sich die beiden anderen Finger dazu. Dann konnte Lena ihre flache Hand bis zum abgespreizten Daumen einführen.

Renate hechelte ihre Anspannung und ihre Lust so intensiv heraus, dass Jack aufmerksam wurde. Er legte sich auf die Seite neben sie, stützte seinen Kopf in die rechte Hand und beobachtet fasziniert, was Lena da veranstaltete. War das die Frau, die sich nicht getraut hatte, „Fick mich!" frei und voller ehrlicher Überzeugung zu rufen?
„Das ist mein Part!", zischte sie ihm jetzt zu. Oha, da hatte sich aber jemand weiterentwickelt! Wie die Schlange vor der Beute und keinesfalls gewillt zu teilen, so kam ihm Lena in diesem Moment vor. Das war wieder eine neue Facette, von der sie bislang nichts preisgegeben hatte! Lena mit dominanter Ader? Jack wusste nicht, ob er das gut fand. Er, der sich als eindeutig und unverrückbar dominant sah. Bezog sich das nur auf Frauen oder würde sie auch ihm gegenüber eine andere Stellung einnehmen wollen? Wollte er einmal die Kontrolle freiwillig abgeben? Darüber würde er nachdenken müssen.

Lena drehte gerade ihre Hand um die eigene Achse, um Renate weiter zu dehnen. Drehen. Herausziehen. Einführen. Sie hatte ihren eigenen Rhythmus gefunden. Wie der bei Renate ankam, verriet diese inzwischen immer lauter. Lena formte den Entenschnabel. Sie war erregt und aufgeregt zugleich. Sie empfand großen Respekt für Renate, die sich ihr so hemmungslos hingab, und wollte, dass es gut für sie werden würde. Vorsichtig führte sie die ganze Hand ein und war erstaunt und erleichtert, wie wenig Druck sie anwenden musste. Atemlos fühlte sie, wie ihre Hand von Renate umschlossen wurde und fast kam es ihr vor, als würde sie noch etwas weiter eingesogen. Sie hielt mit ihrer Bewegung inne damit Renate sich an das ausgefüllt Sein gewöhnen konnte. Deren Stöhnen war in animalische Laute übergegangen, die tief aus ihrem Inneren herausdrängten. Vorsichtig ballte Lena ihre Hand zu Faust und hielt wieder inne. Sie beobachtete Renate, die vor Lust und vor Schmerz ihre Hände ins Bettlaken gekrallt hatte. Sanft umspielte Lenas Zunge die voll erblühte Perle und sie merkte fast augenblicklich, wie Renate sich entspannte. Sie leckte weiter, drehte ganz langsam die Faust und wieder zurück, ließ sie kurz ruhen und begann von vorn. Sie erspürte mehr als dass sie es wissen konnte, wann Renate eine Pause brauchte und wann sie der enormen Dehnung gewachsen war. Sie probierte verschiedene Varianten, nutze Finger, Hand und Faust, führte ein und aus, dehnte und trieb Renate immer weiter.

Jack hatte sich aufgesetzt und bearbeitete Renates Nippel mit der einen Hand, die andere wichste seinen Schwanz. Er war schon wieder geil. Kein Wunder bei dem, was die beiden Frauen da trieben!
Als Renate kurz vor der Erlösung stand, beließ Lena die Faust wo sie war, leckte wieder über die Perle und führte den Mittelfinger der zweiten Hand in Renates Anus ein. Renate schrie. Sie bäumte sich auf, ließ sich fallen, zitterte am ganzen Körper. „Mach! Weiter! Nicht! Aufhören!", stöhnte sie und wurde vom nächsten Orgasmus überrollt. Nach einer Weile kehrte entspannte Ruhe ein.

Jack sah zu Lena, die noch immer zwischen Renates Beinen hockte. Sie blickte ironisch zurück, als wollte sie sagen: „Was du kannst, kann ich schon lange!" Ihm fiel auf, wie fiebrig ihre Augen glänzten. „Sie ist fällig", dachte er, „die Orgie dauert schon Stunden und sie ist noch nicht zum Zuge gekommen." Oder hatte sie es sich vorhin auf dem Sessel selbst besorgt, obwohl er ihr genau das untersagt hatte?! Jack stand auf und stellte sich hinter Lena.

„Zeig mir deinen hübschen Arsch! Du weißt, wie sehr ich ihn mag.", lockte er mit dunkler Stimme. Lena ließ sich auf ihre Ellbogen sinken und präsentierte ihm ihre heiße Kehrseite. Jack blieb nicht verborgen, wie sehnsüchtig sie sich anbot. Er sah das Pochen und Zucken ihrer Spalte, die vor Geilheit glänzte. Mit seinem Daumen begann er, die Rosette kreisend zu massieren. Lena kam extrem schnell auf Touren, auch weil sie an das Bild dachte, dass sich ihr geboten hatte, als sich Jack in ähnlicher Position befand. Die ganze Anspannung, die sich seit Betreten der Suite gesammelt hatte, musste endlich ein Ventil finden.

Jack war sicher, dass Lena zu wissen glaubte was kommen würde. Sie kannte seine Vorliebe für anale Spiele, solange er den aktiven Part innehatte. Langsam drang sein Daumen ein. Wieder einmal stellte er verblüfft fest, wie nass Lena auch in diesem dunklen Gang werden konnte.

„Gib mir deinen Schwanz, ich halte das nicht mehr lange aus!"
Eigentlich war es der perfekte Zeitpunkt, um sie zappeln zulassen, ihr noch immer nicht zur erhofften Erlösung zu verhelfen. Jack sah zu Renate, die sich inzwischen wieder erholt und die Augenbinde abgenommen hatte, und überlegte einen Moment.

„Die kannst du gleich Lena umbinden!"

Als Lena einen Protestlaut von sich gab und ihm unmissverständlich ihren Hintern entgegen reckte, warnte sie Jack, während er zur Spielzeugkiste ging. „Ganz still sein, Süße! Oder willst du den Knebel tragen?"

Er kam unter anderem mit einem Bondageseil zurück, doch das konnte Lena schon nicht mehr sehen. Er fasste sie an der Schulter, um sie aufzurichten und stütze sie, damit sie das Gleichgewicht nicht verlor, blind wie sie war. Dann legte er ihre Unterarme so auf dem Rücken zusammen, dass er sie in

Höhe der Taille verschränken und binden konnte. Jetzt sie sah aus wie eine griechische Statue, seine geile Gespielin: den Kopf stolz erhoben, die wunderschönen Brüste nackt und leicht nach vorn gereckt, die festen Schenkel angespannt und gespreizt. Alles frei zugängig, um sie in den Wahnsinn zu treiben. Jack gab Renate eine Straußenfeder und begann mit einer zweiten, Lena vom Hals an in ruhigen Bewegungen zu streicheln. Renate übernahm die andere Seite. Mal synchron, mal auf unterschiedlichen Partien, strichen sie Lenas Körper auf und ab, ließen keine Stelle aus, berührten Rücken und Bauch, Brüste und Po, innere und äußere Schenkel. Gänsehaut und Stöhnen verrieten, wie sehr Lena das genoss und wie es sie weiter erregte. Ihre Schenkel begannen, vor Gier zu zittern. Mit den Augen dirigierte Jack Renate zu Lenas steil aufgerichteten Brustwarzen. Gleichzeitig stießen sie mit ihren Zungen diese kleinen Spitzen an, umkreisten sie, zogen sanft mit den Zähnen oder knabberten daran. Jack raunte Lena kleine Nettigkeiten ins Ohr, währen er mit der Feder über ihre Scham strich. Er wusste, dass sie nur noch Millimeter von der Klippe entfernt war, doch nur durch direkte Stimulation springen konnte.
„Lass dich einfach fallen, das ist doch gar nicht so schwer! Merkst du, wie deine Beine zittern? Du bist so knapp davor, meine kleine Schlampe, und doch kannst du noch immer nicht kommen."
Mit seiner zweiten Hand strich er durch Lenas Arschbacken, wohl wissend, dass auch das nicht ausreichen würde. Sie schluchzte auf, ihr Atem kam stoßweise, doch sie hielt sich an das Schweigegebot. Jack umfasste mit der linken Hand ihr Kinn.
„Willst du mich jetzt ganz lieb bitten, dich zu erlösen?"
Sofort antwortete Lena: „Bitte Jack, lass mich kommen! Bitte!"
Er hielt das Kinn fest, während er ihr einen besitzergreifenden Kuss gab. Mit der rechten, flachen Hand strich Jack nur wenige Male über ihren Venushügel und massierte dabei ihre Perle. Wie er es schon geahnt hatte, reichten die sanften Züge aus, und Lena ergoss sich über seiner Hand.